ブッシュハット
ヘルメット
ヘッドセット
止血帯（ターニケット）
ネイビーナイフ
デュアルPTTスイッチ
ドラゴンスキン・ボディ・アーマー
階級章
ハイドレーション・パイプ
オーガナイザー・ポーチ
スタン・グレネード・ポーチ
デジタル無線機
ファスト・マグ（H&K416
シュタイナー双眼鏡
マグライト・ポーチ
肘パッド
ユーティリティ・ポーチ
ユーティリティ・ポーチ
タブレット型情報端
H&K MP7A1PDW
PROTREKの
リスト・ウォッチ
ファスト・マグ（MP7）
カラビナ
ハンド・グレネード・ポーチ
ユーティリティ・
ポーチ
H&K P46UCPピストル
H&K416A5
アサルト・ライフル
マガジン・ポーチ（UCP）
膝パッド
マガジン・ポーチ（MP7）
タクティカル・ブーツナイフ
マルチカム迷彩の戦闘服
身長：177cm

■サイレント・コア 高山健 一等陸曹の装備

東シナ海開戦 1

香港陥落

大石英司
Eiji Oishi

C★NOVELS

口絵・挿画　安田忠幸

目次

登場人物紹介

日本

〈特殊部隊サイレント・コア〉

土門康平　陸将補。水陸機動団長。出世したが、元上司と同僚の行動に振り回されている。

〔原田小隊〕

原田拓海　一尉。陸海空三部隊を渡り歩き、土門に一本釣りされ入隊した。今回、記憶が無いまま結婚していた。

畑友之　曹長。分隊長。冬戦教からの復帰組。コードネーム：ファーム。

高山健　一曹。分隊長。西方普連からの復帰組。コードネーム：ヘルスケア。

大城雅彦　一曹。土門の片腕としての活躍。コードネーム：キャッスル。

待田晴郎　一曹。地図読みのプロ。コードネーム：ガル。

水野智雄　一曹。元体育学校出身のオリンピック強化選手。コードネーム：フィッシュ。

田口芯太　二曹。部隊随一の狙撃手。コードネーム：リザード。

比嘉博実　三曹。ドンパチ好きのオキナワン。田口の「相方」を自称。コードネーム：ヤンバル。

吾妻大樹　三曹。山登りが人生だという。コードネーム：アイガー。

〔姜小隊〕

姜彩夏　三佐。元は韓国陸軍参謀本部作戦二課に所属。司馬に目をかけられ、日本人と結婚したことで部隊にひっぱられた。

漆原武富　曹長。司馬小隊ナンバー２。コードネーム：バレル。

福留弾　一曹。分隊長。鹿児島県出身で、部隊のまとめ役。コードネーム：チェスト。

井伊翔　一曹。高専出身で部隊のシステム屋。コードネーム：リベット。

御堂走馬　二曹。元マラソン・ランナー。コードネーム：シューズ。

姉小路実篤　二曹。父親はロシア関係のビジネス界の大物。コードネーム：ボーンズ。

川西雅文（かわにしまさふみ）　三曹。元Ｊリーガー。コードネーム：キック。

由良慎司（ゆらしんじ）　三曹。西部普連から引き抜かれた狙撃兵。コードネーム：ニードル。

小田桐将（おだぎりしょう）　三曹。タガログ語を話せる。コードネーム：ベビーフェイス。

阿比留憲（あびるあきら）　三曹。対馬出身。西方普連から修業にきた。コードネーム：ダック。

赤羽拓真（あかばねたくま）　士長。フィールドでのゲテモノ食いに長ける。コードネーム：シェフ。

〔訓練小隊〕

甘利宏（あまりひろし）　一曹。元は海自のメディック。生徒隊時代の原田の同期。訓練小隊を率いる。コードネーム：フアラライ。

〔民間軍事会社〕

音無誠次（おとなしせいじ）　土門の元上司。自衛隊退役者からなる民間軍事会社（ＰＭＳＣ）の顧問。〝ヘブン・オン・アース〟内に滞在していた。

〔西部方面普通科連隊〕

司馬光（しばひかる）　一佐。水陸機動団教官。引き取って育てた娘に店をもたせるため、台湾にいたが……。

〈海上自衛隊〉

佐伯昌明（さえきまさあき）　元海上幕僚長。太平洋相互協力信頼醸成措置会議（ＣＩＣＰＯ）の、日本側代表団を率いる。

河畑由孝（かわはたゆたか）　海将補。

下園茂喜（しもぞのしげき）　一佐。首席幕僚。

伊勢崎将（いせざきたもつ）　一佐。第一航空隊司令。

〔第一航空群〕

梅田博臣（うめだひろおみ）　三佐。第一航空群第一航空隊。Ｐ－３Ｃで一五年のキャリアをもつ。

八幡晋（やはたしん）　三佐。戦術航空士。コクピット後部のＴＡＣＣＯ席に座る。

木暮美佐紀（こぐれみさき）　一尉。Ｐ－１からスタートした幸運な一期生。

〔豪華客船〝ヘブン・オン・アース〟〕

是枝飛雄馬（これえだひゅうま）　プロオケを目指していた青年。プロオケの先輩から誘われ、〝ヘブン・オン・アース〟に乗り込んだ。

浪川恵美子(なみかわえみこ)　是枝が思いを寄せるビオラ奏者。音楽教師を三年で辞めて、奏者に復帰した。

アメリカ

〈陸軍〉

マーカス・グッドウィン　中佐。グリーンベレーのオブザーバー。

〈海軍〉

クリストファー・バード　元海軍少将。太平洋相互協力信頼醸成措置会議(CICPO)のアメリカ側代表団。佐伯昌明(さえきまさあき)元海上幕僚長のカウンターパート。

〈海兵隊〉

ジョージ・オブライエン　中佐。海兵隊オブザーバー。

中国

〈海軍〉

東暁寧(トンシィアオニン)　海軍大将（上将）。

賀一智(ホライーチィ)　海軍少将。艦隊参謀長。

〔第164海軍陸戦兵旅団〕

姚彦(ヤオイェン)　少将。第164海軍陸戦兵旅団を率いる。

万仰東(ワンヤントン)　大佐。旅団参謀長。

雷炎(レイイェン)　大佐。旅団作戦参謀。中佐、兵站指揮官だったが、姚彦が大佐に任命して作戦参謀とした。兵士としては無能だが、作戦を立てさせると有能。

戴一智(タイイーチィ)　少佐。旅団情報参謀。情報担当士官だったが、上官が重体になり旅団情報参謀に任命された。

〈台湾〉

頼筱喬(ライシャオチャオ)　サクラ連隊を率いて戦死した頼龍雲(ロンユン)陸軍中将の一人娘。台北で新規オープンした飲茶屋の店主。司馬光が“チャオ”と呼び、店の開店を支援している。

王志豪(ワンチーハオ)　退役海軍中将。海兵隊の元司令官で、未だに強い影響力をもつ。王文雄(ワンウェンション)の遠縁。

王文雄(ワンウェンション)　司馬の知り合いで、司馬は「フミオ」と呼ぶ。京都大学法学部、大学院に進み、国民党の党職員になった。今は、台日親善協会と党の対外宣伝部次長。

（台湾軍海兵隊）

〔第99旅団〕

陳智偉(チェンヂーウエイ)　大佐。台湾軍海兵隊第99旅団の一個大隊を指揮する。

黄俊男(ホァンジュンナン)　中佐。作戦参謀。大隊副隊長でもある。

呉金福(ウージンフー)　少佐。情報参謀。

楊志明(ヤンヂーミン)　二等兵。美大を休学して軍に入った。

〈空軍〉

李彦(リーイェン)　空軍少将。第５戦術戦闘航空団を指揮する。

劉建宏(リウジェンホン)　空軍中佐。第17飛行中隊を率いる。

シンガポール

〈インターポール・反テロ調整室(RTCN)〉

許文龍(シユウェンロン)　警視正。ＲＴＣＮ代表統括官。

メアリー・キスリング　ＲＴＣＮの次長。ＦＢＩから派遣された黒人女性。

柴田幸男(しばたゆきお)　警視正。シンガポールのインターポール・反テロ調整室(RTCN)に警察庁から派遣されている。

朴杌浩(パクボムホ)　警視。シンガポールのインターポール・反テロ調整室(RTCN)に韓国警察から派遣されている。

イギリス

〈英国対外秘密情報部（ＭＩ６）〉

マリア・ジョンソン　ＭＩ６極東統括官。大君主(オーバーロード)。

東シナ海開戦1　香港陥落

プロローグ

キプロス船籍のコンテナ船〝イースト・オリンピア〟号（五〇〇〇〇トン）は、今となってはいささか他の大型コンテナ船に見劣りしていた。すでに三〇年間運航されており、船体はあちこち錆びついている。

大きさもたいしたことはないが、逆にそれが歓迎される港がある。

現代のコンテナ船は大型化しすぎた。大型化すればするほどスケールメリットは出てくるが、逆に入港できない港も増えてくる。

特に日本がそうだ。釜山には入港できるが、隣国日本には入港できない。そんなサイズのコンテナ船が、次々と就航していた。

こういう場合は荷物をいったん釜山で降ろし、日本行きの船に積み直すこととなる。また、香港で降ろし、より小型のコンテナ船に積み替えて台湾、日本へと回ることもあった。

このコンテナ船も、そういう船だった。一〇年間、マラッカ海峡から西へ向かったことはない。もっぱらシンガポール、香港、上海、台北、神戸、釜山を回っていた。

そしてこれが最後の航海だった。この航海が終われば、終着地であるインドへ回航し、スクラップとして解体される予定だ。クルーもいったん解散となり、また別の船に乗り込むことになっていた。

香港沖四〇〇キロの南シナ海洋上で、くたびれた漁船から瀕死の客を収容した時も、コンテナ船は速度を落とさなかった。

昨今、全ての外洋船舶はGPSの航法システムを搭載し、その情報には誰でもアクセスできる。もちろんそれをオフにすることは可能だが、それをやると各国の情報当局に「罪」を自白するようなものだ。停波している間に何かよからぬことをしていたのではないかと、いらぬ注目を浴びることになるのだ。

収容した客人は、幅寄せして併走する漁船から命懸けで乗り移った時には、酷い船酔いでふらふらだった。その状態でずぶ濡れのまま船長室に案内され、睡眠導入剤を与えられて翌朝まで眠り続けた。

乗組員は何も詮索しなかった。時々、このようなことはある。事情を知る必要がある者には、それなりの口止め料がボーナスとして支給されるのだ。

〝イースト・オリンピア〟号はそのままバシー海峡を通過して太平洋へと出ると、南西諸島沿いに航海し、一路横浜へ向かった。

当初、客人はそこで降ろされる予定だったが、深夜、沖縄本島東を航行中にアメリカ軍のヘリが飛んできた。暗がりで、ヘリコプターの種類はわからない。空軍のヘリか、海兵隊のヘリなのかもわからなかった。

翼端灯の類は一切点灯していない。ただ、客人をブリッジの屋根に乗せろと命令される。

誰かがヘリからホイストで屋根に降り立つと、客人を連れて引き揚げていった。

その間もコンテナ船は一切速度を落とさず、針路も変えなかった。辺りに他の船舶はいない。だが時々、水上レーダーには奇妙な陰が映った。高速で移動している。航空機だ。

すぐに哨戒機が低く降りてきて周辺を旋回する。おそらく他の船舶を警戒しているのだろうと、フィリピン人船長は思った。よほどのVIPなのか。だが彼はそれ以上、客の正体は詮索しなかった。

アメリカ海兵隊のCH－53K〝キング・スタリオン〟大型ヘリは、アメリカ空軍嘉手納基地のエプロンに着陸した。

空軍のガルフストリーム要人輸送機が待機している。小さなザックを背負い、頭からフードを被った客人がエプロンを走りタラップを上がっていくと、まず海兵隊ヘリが離陸した。

キャビンに入ると、客人――彼女にとっては懐かしい顔ぶれが待っていた。香港の学生リーダーであったアグネス・リョンはザックを足下に置くと、窶れた顔で「予定が変わったのですか」と流ちょうな日本語で尋ねた。

「残念なお知らせがあります。まずは座って」

そう言ったのは、陸上自衛隊水機団の司馬光一佐だ。彼女は会議用の対面シートにアグネスを座らせて、同じく日本語で話しかけた。

フードを脱いで目の前に現れたアグネスを見た司馬は少なくないショックを受けたが、態度には出さなかった。目の前の女性は、もうあの童顔が残る女子大生――民主化運動のアイドルだった頃の面影も無かった。長い獄中生活で頬はこけ、歯も抜けている。白髪が無いのが不思議なくらいだ。

「……本来は東京で歓迎する予定でしたが、政府の上の方で、止めた方がいいという判断になりました。対中関係に配慮してのことではありません。

最終的に、わが国の政府は、あなたを守り切れないと判断したのです。情報は早々に漏れて、北京（ペキン）から誰かが誘拐にくることは避けられないだろうと。隠れ家を半年間も、秘密にできれば上出来だろうと。状況は、イギリスも似たり寄ったりよね」

そう司馬は窓際に座っていた英国人女性に振る。

「ごめんなさい、アグネス。イギリスは狭い。そこに、これからも何十万人という香港人を受け入れることになる。そうなると、いつか必ずあなたと出くわす香港人が出てきて、あなたの居場所は遅かれ早かれ北京政府に知られることになります。日本ならば北京へ誘拐されるけれど、イギリスでとなるとおそらく現地で暗殺される。日英はあなたの亡命を受け入れられない。これは、中国との関係に配慮しての判断ではなく、純粋にあなたの安全を考慮してのものなのです」

英国対外秘密情報部（MI6）極東統括官、大君主（オーバーロード）の暗号名をもつマリア・ジョンソンは、淡々と述べた。

「アメリカ政府と、話をつけました。北米大陸のどこかに匿（かくま）うのが一番安全だろうと。あなたはアメリカ政府の証人保護プログラムに組み込まれ、別の名前を与えられて暮らすことになる」

「いつまでですか?」と、アグネスは悲しげな表情をしながら英語で聞いた。

「中国の共産主義体制が終わるまで。つまり最悪の場合は、一生ということね」

「私は、何をして暮らせばいいのでしょう……」

「まずは整形を行い、顔を変える必要があります。あなたは有名人ですから。勉強を続けたいのなら、日本人として地方大学に留学する程度のことは許されるかもしれない。北京がどれほど熱心にあなたの行方を追跡するかにもよるけど——」

ここでパイロットがコクピットから顔を出し、離陸準備ができたことを伝えてくる。

「こんなことになって、申し訳ないわ。結局、あなたの力にはなれなかった」

司馬が詫びたが、アグネスは硬い表情で「いいえ」と呟く。そして「もう日本語を使うこともなさそうですね」と、力なく笑った。

「……アグネス、ひとつ忠告しておきます。五年、あるいは一〇年後に、人当たりのいい中年女性か高級ドイツ車に乗った投資家が現れて、満面の笑みで語りかけてくるかもしれない。人種は中国系とは限りません。日系人かもロシア系かもしれない。そしてこう言うの。『あなたの正体を知っている。でも自分はあなたの味方だから安心してほしい。今度うちのホームパーティにこないか』と。そういう人間を、決して信用しては駄目よ。向こうから近づいてくる者は、全て北京政府の手先だと警戒しなさい」

マリアは「あなたが人並みの幸せを手に入れることを祈っている」と肩を抱き、別れを告げた。

その後、司馬とマリアはタラップを降りる。機体から十分離れると、ガルフストリームは星空の彼方へと離陸していった。

「……私たち、あの若者を見捨て、酷い仕打ちをしたのよね」と、マリアがしみじみと漏らす。

「もう子供じゃないわ。彼女がそうすることを望んだのよ」

だが司馬は、きっぱりとそう言った。

「それで、司馬さんの今後の予定は？」

「あたしは夜が明けたら、台北行きの民航機に乗ります。ちょっとした用事があるの。あなたはシンガポール？」

「ええ、香港支局（ブランチ）を完全に閉鎖して、全ての資産（アセット）を処分するという最後の作業が待っている。工作員の家族も脱出させないと。香港はいよいよ私たちの手を離れて、ただの、ありふれた中国の一都市になっていく」

「……飲みにでも行く？」

「こんな時間に⁉」

「沖縄での訓練が増えたせいで、部隊ではリストが密かに作られているの。夜戦訓練明けに朝から飲める居酒屋のリストがね」


中国は四半世紀を費やし、辛抱強く工作し、真綿で首を絞めるように徐々に香港の自由を奪った。結果、共産主義の旗を立てることに成功した。

諸外国の抵抗と反発は大きかったが、彼らには為す術はなかった。

香港の民主化運動は潰され、多くの人権活動家は逮捕、また国を離れ亡命することを余儀なくされた。

このことを、人々はしばらくは記憶し続けるだろうが、世界はあまりにも多くの問題を抱えている。いずれ香港で起こったことなど忘れ、チャイナ・マネーの魅力に浸ることだろう。

中国は、忍耐する術を知っていたのだ。この香港での勝利で、その自信は更に揺るぎないものとなったのである。

香港問題に関わった人間の多くが酷い挫折感に囚われていたが、その傷も時間が癒やす。

そのことを、司馬は知っていた。

傷が癒えると同時に、中国はまた次の戦略を発動する。

その歯車は、もうどこかで動きはじめているはずだ。

第一章　西門町

出だしとしては、良い初日だった。台湾獅子舞（ししまい）を呼び爆竹（ばくちく）を鳴らして、新装開店の飲茶（ヤムチャ）屋のスタートを皆で祝った。

店主であり看板娘になるであろう頼筱喬（ライシャオチャオ）は、こうして、日本での修業を終えるといきなり西門町（シーメンディン）での事業をスタートした。

ここは台北の原宿（はらじゅく）と言われ、海外からの観光客が犇（ひし）めく繁華街。それだけに競争の激しい場所だ。そのため、彼女のことを〝チャオ〟と呼び支える司馬光は、事業を成功させるためのノウハウを全て彼女に叩き込んでいた。その上、横浜中華街にある司馬の店の本店からも、コックと経理を付けてやった。

これで成功できなければ、どこで何をやってもうまくはいかないという想いがあったからだ。おそらく、彼女はうまくやってのけるだろう。

今日最後の客を送り出して店を閉めた後は、バイトの若者たちを交え、ささやかな宴会を開く予定だ。だが司馬は「疲れたから先に失礼するわね」と店を出た。

もう自分は若くない。羽目を外す若者に付き合う体力や気力はなかった。

この日のために新調したチャイナドレスは爆竹の燃えかすを浴びていた。司馬は「嫌ね、火薬の臭いって」と両手でそれを払いながら、淡水河(ダンシュイホー)沿いにある定宿へと引き揚げた。

この宿は、司馬の帰りがどんなに遅くなっても、馴染みの支配人がフロントに留まっていた。司馬は気にしないが、彼女はホテルにとっての賓客(ひんきゃく)なのだ。

ロビーに入ると、ソファでパソコンを叩いている若者がいた。こんな時間なのに、きちんとネクタイを絞めてスーツを着ている。それも日本の京都大学のグッズとして知られる西陣織(にしじんおり)のネクタイだ。

司馬に気づくと、彼はパソコンを閉じて顔を上げた。

「あら、フミオさんじゃない。こんな時間まで何をやっているの」

司馬は彼へ向けて日本語で聞いた。フミオこと王文雄(ワンウェンション)は流ちょうな日本語で「今日はすみません。お店に顔を出せなくて」と詫びながら立ち上がった。

「一日中、野暮用が入ってしまいまして。一杯どうですか、奢(おご)ります」

王はロビー脇のバーへと誘ってきた。

「嬉しいわね。でもあそこのバーは、あたしのことを未だに『お嬢様』と呼んでくれる支配人のお陰で、タダで飲めるのよ」

二人はバーに移動すると、一番奥のテーブルについた。司馬はいつもの習性で入り口が見渡せるよう壁を背にして座る。

「あたし、昨日というか今朝まで飲んでいたの。イギリス人とね」

「そのお相手の名前は聞かずにおきましょう。それで、お店の様子はどうでしたか」

「出だしとしては、まずまずね。私がもっている全てのスキルを彼女に教えた。失敗したとしたら、

それは私の責任ね」

「そんなことはないですよ。そうだ、お祝いが遅くなりましたが、大佐殿に昇進だそうで、おめでとうございます」

「相変わらず情報が早いのね。でもあたしはただの北京語講師だから、水機団の幹部名簿には載ってないの」

「それは、いろいろと好都合だ……。いえ、店には、昨日のうちに挨拶に行きました。頼龍雲(ロンユン)中将のかつての部下には、もう全員にお触れが回っています。店が一段落したら、みんなで通うようにと。部隊絡みの親睦会の類も、今後はそこで行えとも言われました」

「助かるわ」

「実は、店で面白いことがありましてね。僕は初対面のつもりだったんですが、何と彼女は僕に会ったことがあると言うんです」

「確か、あなたが上京してお店に何度か来た後、彼女から聞かれたことがあったわね。あれは誰なのかって」

「僕もその時の話だろうと思っていたんですが、実は違いました。幼い頃、一緒に遊んだというんですよ。それでびっくりして親父(おやじ)に電話したら、うちは頼将軍と家族ぐるみの付き合いだと言うんです。よく一緒にピクニックや海水浴に行ったんだと。父に、写真を送ってもらいました」

王はパソコンを開き、カラー画像を見せた。司馬はその写真に見入る。そして珍しく感情的な声で「あぁ」と呻いた。

「もの凄く貴重な写真ね！」

「ええ。何しろ頼将軍の仕事の性格上、私的な写真など滅多に撮らなかったでしょうから」

司馬は、自分の十代の頃の写真を他人から見せられたような複雑な気持ちになっていた。懐かしくもあり、恥ずかしくもある。

「酷い話よね。彼が生きていたことを知らなかったのは、世界中で私ひとりだったんだから……」

「お察しします。想像もつきません。愛した人がスパイとして捕まり、もうこの世にいないなんて聞かされた時の絶望感なんて……。でも、将軍は一人娘をあなたに託せて本望だったと思いますよ。それで、あの、彼女は父親のことや自分の生い立ちを知っているんでしょうか」

「ええ。それとなく話はしてある。彼女は、いずれ私の店を引き継ぐことになるでしょう。私の仕事もね。格闘技以外のことは、全て教えた。それよりも、あなたはどうなの？　台北市の議会選挙に出るものとばかり思っていたのに」

「僕は、台日親善協会と党の対外宣伝部次長という仕事に満足しています。やりがいのある仕事ですよ。いずれは、それも考えなきゃいけないでしょうが」

「政治を志すのに、若すぎるということはないわ。それにあなたはそもそも京大在学中に、それなりの資産家の娘を捕まえろと命じられていたのでしょう。そっちはどうなのよ」

「ええ、京大ってところは女っ気はないし、なにより今の日本では、外国人がそれなりの資本家のご令嬢を探すこと自体、ハードルは高いので」

「じゃあお店が暇な時間に訪ねていって、チャオをデートに誘いなさいな」

「え、ご冗談を……」

「本気よ。彼女には日本での後ろ盾があります。それに彼女にとっても、頼龍雲の一人娘ということでポイントは高いけど、ここ台湾での後ろ盾も必要なのよ。あなたたちが組めば、それがかなう」

「スパイの家系、というやつですね。司馬さんのようなスーパー・ウーマンの素養はあるのでしょうか」

「それについては、太鼓判を押します。人殺し以外の全ての素養をもっている。バヨネットの使い方を知らなくても、あの仕事はできます。とても良い子よ。父親の性格を継いでいる。まあ、そこが唯一の欠点とも言えるけど。われわれの仕事には、向いていない。……彼女には、支えが必要だわ」

「母親代わりのあなたが許可するなら――」

「許可ではなく命令です。フミオさんのお父様も、反対はなさらないでしょう。さて、本題は何かしら？」

王はやっとプライベートな話題から解放されたというほっとした顔をした。

「問題が二つ出ました。一つは、すでにお耳に入っているとは思いますが、最近、台湾近くで中国軍の活動が先鋭化しています。尖閣での動きもその一つです。海空軍が一体となって電子戦訓練を丸半日行い、漁船団が母港と無線連絡できなくなったり、ミサイル艇をこちらの領海ぎりぎりまで突っ込ませて反応を探ってきたりと、やりたい放題です。とりわけ電子戦訓練は、民間人に実害が出ています。頻度も上がっている。ほぼ毎日、どこかの漁場が被害にあっています。沿岸部では毎週のように上陸訓練をやっていますし。海軍は、明日目覚めた時、金門島沖にずらりと上陸用舟艇が並んでいても、誰も驚かないと嘆いているそうです」

「備えているとは聞いているけど？」

「ええ。南の太平島、東沙諸島の東沙島。海兵隊は、予備役を召集してまで増強しています。ただ、いずれも守り切れるものじゃない。とくに太平島は台湾本土からは遠すぎるし、東沙島は近いとはいえ高雄から四〇〇キロですからね。真水が出るわけでもないし、増やせる兵力には限界があります。長期間置ける兵力は限られる。今でも島は常時一〇〇隻を超える武装漁船団に包囲されている。事故を防ぐためという理由で、中国は海警艦をその外周に配置していますが、われわれには同じ数を出して対抗する戦力はない」

「でも、それ以上は手は出せないでしょう。漁船を環礁に沈めての基地化は阻止したことだし。次はもう鉄砲を抱えて上陸してくるしかないわよ」

「香港とも、目と鼻の先です。昨日まで、香港はこちら側だという安心感があった。ですが、もうそうでなくなった今、香港を足がかりにしたい北京にとって、東沙の存在は目障りになるでしょう。台湾単独では、とても守り切れない。アメリカ政府に、それなりの働きかけはしていますが……」

「アメリカ経由で、日本政府も動かすことね。うちの国は自分では何も決められないけど、アメリカから言われたらノーとは言えない国だから」

「その線でも、とっくに動いているでしょう。それでこの話は、現実に外から見えている話ですが、中南海でいよいよ台湾の併合作戦が承認されたという情報が流れてきました。我々の政権は今、憔悴しきっています」

「それは初耳だわね。確度はあるの？」

「わかりません。こちらを揺さぶるための偽情報かもしれない。いくら何でも、つい先日香港を陥落させたばかりなのに、すぐに台湾工作に取りかかるだろうかという疑問もある。司馬さんは、どう思われますか？」

「チャンスには変わりないわよね。香港を黙らせたことで、軍や人民の士気は上がっている。逆に米中関係は最悪で、これ以上は悪くなりようがない。西側も今、新型コロナウイルスでの混乱の最中にあって、それどころではない。この後、米中関係は徐々に改善するだろうことを考えれば、今を逃せばできることもできなくなる。来年、あるいは五年後は無理でも今ならできる。今なら、アメリカは動かないかもしれない。さすがに台湾本島に手を出すことはないでしょうけど、離島のいくつかを奪取する程度のことはするかもしれないわね。その時には、尖閣(せんかく)諸島も餌食になるかも……」

「司馬さん、明日のご予定は？」

「市場で食材を買い込んで輸送の手配をしてから、明るいうちに那覇行きの便に乗りたいわね」

「申し訳ありませんが、出発は羽田(はねだ)行き最終便にしてくださいませんか。軍の高官たちが意見交換をしたいそうです」

「勘弁してよ。そういうことは東京でやるのが筋じゃないの？」

「大佐殿に出世したからには、そういうものも片づけませんと。いつまでも中華料理屋の女将(おかみ)ではすみません。それに、かつて頼龍雲が家庭教師を勤めた〝伝説の乙女(おとめ)〟に会ってみたいという連中もいるでしょうから」

「あら、京大ではお世辞学とかも教えていたのかしら」

「小国の処世術だとご理解ください」

王はずっと日本語で喋っていた。彼は高校生に上がると同時に神戸(こうべ)の私立学校に編入し、寮生活をはじめた。そして一浪して京都大学法学部に入り、院生生活を終えて帰国すると、国民党の党職員として働きはじめ、後に台日親善協会の仕事も掛け持ちするようになった。

国民党は大陸寄りと見られてしばらく野党の地位に甘んじているが、いつでも政権を取れる下地はもっている。日本の野党とは大違いだった。

もし国民党が政権に復帰すれば、王はそれなりのポストに就くだろうが、それには議席が不可欠だ。本人はもとより、周囲が何を躊躇（ためら）っているのか歯がゆい思いだった。

司馬は、ブランデーを一杯だけ飲んで自室に引き揚げ、化粧だけ落とすと、ドレスを脱ぐ気力も無くベッドの上に倒れ込んだ。

台湾領・東沙島――。

劉金龍（リウジンロン）伍長（上士）は、高さ一五メートルの櫓（やぐら）の上に組まれた二メートル四方の見張所の中で、眠気と戦っていた。

パイプ椅子に腰を乗せ、両足を櫓の壁に預けて楽な姿勢をとろうとするのだが、何しろここは歩哨所だ。休むための場所では無く、目を開いて監視するために、わざわざうたた寝ができないような構造に作ってある。

隣には二名の若い隊員がいた。一人は裸眼（らがん）で、もう一人は暗視装置で広大な海原を見張っている。

この歩哨所は東沙諸島、別名プラタス諸島のリング状のリーフの西端にある東沙島の、更に西端にあった。

東沙諸島のほとんどは干潮（かんちょう）時にしか姿を見せないが、直径二〇キロもある見事な指輪形の環礁になっている。この西端に位置する東沙島だけはちゃんとした陸地があり、林もある。地球温暖化による海面上昇が続けば、いずれは海面下に没する高さしかないが、今は台湾が支配している土地だ。

台湾南部の高雄から、南西に四〇〇キロ。そこから北西に三〇〇キロで香港だ。

これまでは、平和な島だった。滑走路があり少数の守備隊が配置されてはいたが、香港が香港であり続ける限りここは安全なはずだった。台湾本島から一四〇〇キロも離れた南沙諸島のど真ん中に位置する太平島よりは安全だったのだ。

　しかし香港情勢が一変してからというもの、この島を巡る状況も変化した。中国は以前から、武装漁船団を派遣して脅しはかけていたものの、それ以上の行動に出ることは滅多に無かった。だが最近は、嫌がらせの度合いが増していた。

　沖合には中国漁船の漁り火（いさりび）が見える。すでにこちらの領海内に入っているが、彼らを追い払う戦力は無い。下手をすると向こうはアサルトライフルを持ち出してくる。

　漁をしているわけでもない。ただそこに留まっているだけだ。

　定時連絡の時間になり、ウォーキートーキーのスイッチを入れるが、酷い雑音が流れるだけだ。その妨害電波はおそらく沖合の武装漁船のどれかから発せられているはずだが、まだ特定はできていない。散発的で、二四時間妨害してくるわけでもなく意図は不明とされていた。

　無線が通じない場合は、発光信号で「異常ナシ」と合図する手筈になっていた。基地へ向けてＬＥＤランタンを大きく輪を描いて一分間回す。緊急事態時は、それをぐるぐる振り回すという単純な合図だ。

　本部基地からここまで三キロも離れているというのに、他に通信手段は無い。せめて有線の通信ケーブルくらい引いてほしかったが、ここにあるのは電線だけ。探照灯と仮設トイレを照らす電線が一本、本部施設から引かれている。

　夜目を確保するため、その見張所に灯りは一切なかった。朝まで、藪蚊（やぶか）との戦いだ。

　東沙島は面白い地形をしていた。兵士たちはそこを〝ワニの口〟とか、〝Ｔレックスの頭〟などと呼んでいた。

島の東側に平地（恐竜の頭）があり、ここに警備隊の施設が集まっている。そこから西へ、恐竜の顎のような二本の陸地が延びている。

北側には全長一五〇〇メートルの滑走路が造られていた。

その巨大な〝ワニの口〟はラグーンだ。口の先はまるで人工的に堤防でも造ったかのように細く閉まっているが、これが中国ならこのラグーンをさっさと埋め立てて巨大な軍事基地にするだろう。

劉伍長たちが夜明けまで過ごさねばならないこの歩哨所は、顎の南側先端部にあった。北側は滑走路があるため、高い建物は建てられていない。

それでもここは、太平島に比べれば遥かにマシだ。あちらは今や中国が埋め立てた人工島の要塞に囲まれている。いざ何かあっても、台湾本土から助けに行ける距離ではないし、戦闘機の燃料も足りない。

だがここは、戦闘機が飛んでこられる距離にある。それもあって、昔から東沙島の防備は手薄だった。

今の情勢下でも、取り立てて心配する空気にもなっていない。新兵たちも不安な様子は見せていなかった。口を開けば「俺たちは太平島よりマシだ」と言っている。

今も、波の音と恋の相手を探す虫の音が聞こえるだけだ。ここで録音した環境音は金にならないだろうかと劉伍長は考えていた。眠りを誘う、最高の音楽だ。

「……伍長、何か聞こえませんか？」

そう裸眼で周囲を見張る新兵が言った。

「いや、俺はまだ若いつもりだが、それでももう高周波音が聞こえる歳じゃないんだそうだ」

「いえ、そういうものではなく、何か、エンジン音のような――」

暗視双眼鏡を覗く一等兵が、辺りをぐるぐると監視しはじめた。

やがて、劉にも聞こえてきた。確かに、発動機の音だ。抑揚があるのは、波間に浮き沈みしているからだろう。

「あー、いた！　ボートです。小型のボートが、波を立てて真っ直ぐ向かってきます」

「代われ――」

劉は部下を押しのけてそのファインダーを覗く。小型のゾディアック艇のようだ。人間は見えない。デッキに腹ばいになっているのだろうか。

時々波で後尾が持ち上がってデッキが覗くが、人がいるようには見えなかった。まっすぐこちらへと向かってくる。

「緊急通信！　無線機を試して駄目なら、ＬＥＤランタンを振り回せ！」

「こんな時間帯、誰もこっちを見ちゃいませんよ！」

一等兵が悲鳴を上げた。

「なら、探照灯を点けろ。火は入るんだろう？」

「できますが、われわれは完全に夜目を失うことになりますがいいですね」

「仕方がない。コマンドでも乗っていたら事だ。探照灯で指揮所を照らして起こしてやれ。新兵は暗視ゴーグルから目を離さずにボートを追いかけろ！」

海側に向いた探照灯の電源を入れる寸前、「新兵は目を瞑れ！」と叫んだ。それほど眩しいのだ。

探照灯が点った瞬間、野鳥が驚いて飛び起きるのがわかった。劉も、一瞬で眼がやられる。

「ボートが針路を小刻みに調整しています。湾口に突っ込む様子です」

「よし、指揮所を照らして誰かが気づいたら、探照灯でボートを追いかけろ！」

「撃たなくてもいいんですか？」

「それは俺たちの仕事じゃない。まあ、パトロールが間に合うとは思えないが、別にラグーン内に軍艦が停泊しているわけでもない。浜に乗り上げる頃には、誰かが気づく」

　探照灯が九〇度曲がって湾口を照らした瞬間、ボートが突っ込んできた。ほんの二〇メートルの幅もない湾口を、ボートは易々と突破し突っ込んでくる。

　小型潜水艇でのコマンドの侵入を防ぐために水中には防潜網が降ろしてあったが、水上は無防備だ。劉伍長は、チッと舌打ちをして、壁に立てかけた91式アサルトを手に取りマガジンを装填した。

　艇尾ではためくものが見えた。忌々(いまいま)しい紅い旗——五星紅旗(ごせいこうき)が短いポールにくくりつけてある。

　劉伍長は、ほとんどフルオートで引き金を引いた。ボートを狙ってはいない。ボートを追いかけるように、海面を狙って撃った。

　これなら三キロ離れていても、アサルトライフルの連射音に誰かが気づくだろうと思った。

　マガジンを全て撃ち尽くしてしばらくすると、ようやく基地のサイレンが鳴った。そしてあちこちで照明が点りはじめた。

　だがその照明は、ほんの一瞬で消えた。ここから湾奥まで一五〇〇メートルはある。探照灯の熱で顔が焼かれるようだ。

　伍長は、自分たちの役割は終えたと判断して探照灯を消させた。

　きっと敵は、このパニックを洋上から観察しているに違いない。

　たかがボート一隻止められない、間抜けな奴らだと……。

「鐵軍部隊(アイアン・フォース)」の愛称をもつ台湾軍海兵隊第99旅団

の一個大隊を指揮する陳智偉（チェンヂーウェイ）大佐は、銃撃音で飛び起きた。すでに隊舎の廊下では、兵士たちが走り回っている。全員武装するよう士官らが怒鳴る。

　指揮所に顔を出すと、すでに部下が集まっていた。

「報告――」

「はい。おそらく無人操縦のゾディアック艇が一隻、ラグーン内に侵入しました。本部脇のビーチに乗り上げた模様です」

　情報参謀の呉金福（ウージンフー）少佐が、地図の一点を指さしながら言った。

「サイレンを止めろ！　無人なのは間違いないんだな」

「はい。湾口に入る前から歩哨所が発見していた模様ですが、少なくともコマンドの類が海に入った報告はありません」

「万一もある。ドローンを飛ばし、パトロールを増やせ。何が目的だ？」

「不明です。現在、四〇二中隊が乗り上げたボートを包囲しています」

「本国に第一報を送れ！　無線はどうなのだ？」

「短波は使えません。広範囲な電波妨害です。衛星通信も、Ｓバンド帯に電波妨害を喰らっており、残念ながら」

　通信士官が申し訳なさそうにそう言った。

「われわれはこのちっぽけな島に孤立しているわけだ。だが、ボート一隻に爆弾を乗せて突っ込ませるほど、敵も暇じゃない。そいつを拝みにいこう！」

　陳大佐が大股で歩きはじめると、参謀スタッフがぞろぞろと続く。

　同時に「作戦参謀、万一の時のために君はここに残れ」と、黄俊男（ホアンジュンナン）中佐に命じた。彼は大隊副隊長でもある。これからは別行動をとった方がよさそうだ。

　大隊といっても、ここへ派遣されたのは二個中隊のほんの五〇〇名。これ以上のロジを支えるのは不可能だ。ラグーンを生け簀にして養殖でもはじめなければ、とても兵士全員を喰わせるだけの糧食は補給できない。

　それ以前に、真水が確保できなかった。五〇〇名の兵士が毎日三リットルの水分を摂取するとして、必要な真水は一日に一・五トンにもなる。もちろん生活用水となると、それだけでは済まない。そのすべてを輸送機で運ぶのは無理だ。水以上にかさばる食料もある。

　大佐がビーチに出ると、島に一頭だけ持ち込んだ警備犬が吠え続けていた。ビーチに乗り上げたボートに兵士が取り付いて、エンジンを止める。スクリューが豪快に砂を巻き上げていた。

　スクリューが止まったところで、呉少佐がマグライトを持ちボートに近づく。

「爆弾は無いようです。ただ、床にアタッシュケースが固定してあります。おい、誰かナイフを持ってこい！　ロープを切断する」

　少佐がアタッシュケースを抱えて引き揚げてきた。

「みんな、下がってくれ。万一もありうる」

　全員がその場から二〇メートルほど離れると、呉少佐は波打ち際まで下がり、膝の上でアタッシュケースを開いた。

「……透明な防水ケースの中に、タブレット端末が入っているようです」

　少佐はアタッシュケースを砂浜に投げてから、その防水ケースを抱えてきた。防水ケースにマグライトを当て、全周から観察する。

「普通の、一〇インチのタブレット端末ですね。

バッテリー部分が爆薬である可能性はゼロではないでしょうが」

「そこまで心配してもはじまらんな。起動してみよう」

　ケースを開けてタブレットを起動してみる。暗証番号は設定されていなかった。「メッセージ」と英語で書かれたファイルが一つ置いてあるだけだ。

「随分と芝居がかっているな……」

　陳大佐は、自らそのファイルをタップした。

　流れたのは、おそらく軍艦のブリッジで昼間撮られた映像だろうか。司令官席に座った男が、カメラを見下ろしている。

「ご機嫌よう、諸君。これは降伏勧告である。——私は人民解放軍・第164海軍陸戦兵旅団を率いる姚彦少将だ。われわれは間もなく、そう、夜明けとともに諸君らの施設を砲撃し、島を占領する。しかし、けが人は出したくはない。われわれは同じものを食べて、同じ言葉を喋る同胞だ。強く降伏をすすめる。降伏勧告を受け入れる場合は、基地に白旗を掲げたまえ。降伏を拒否するというのであれば、可能な限り島の西部へと避難してほしい。われわれは、東部の施設密集域から砲撃を開始する。——たかが島だ。若者の命をかけて守るほどの価値はないだろう。君たちは孤立しており、援軍は間に合わない。この島を守り切る術はない。指揮官が理性的な決断を下すことを、切に希望する——」

「尊大な奴だな。……夜明けまでは、あと一時間というところか。誰か、ライターを持っていないか？」

　映像を見終わった大佐は兵士の一人が差し出したライターを手に、再度砂浜に乗り上げたボートへ近づいた。

「どうせ、ドローンか何かで覗いているんだろう。いや、コマンドがもうそこいらに上陸しているかもしれん」

そう言いながら、艇尾に掲げられた五星紅旗に火を点ける。

「穴を開けてこのボートを沈めろ。これ以上、火を出すなよ。敵にわざわざ島の所在を教えてやることになる。いったん指揮所に引き揚げよう」

指揮所には赤い暗視照明が点っている。残っていた全員が、すでに身支度を調えていた。背嚢と銃が整然と壁際に並べられ、通信兵は各種の無線機を背負う。

大佐は、スカーフにくるまれたタブレットを作戦参謀に手渡すと「まだ見てない者は外で見ろ。万一、盗聴装置と発信器が仕込まれている可能性に備えるためだ」と命じた。

「お茶くらいは飲む暇はあるかな？　まあ、水でいいか。誰か、冷蔵庫の水を一杯くれ」

「コーヒーくらい飲みましょうよ、大佐。それくらいの余裕はもちませんと」

情報参謀が、落ち着いた口調で言う。

「そうか、では全員分のコーヒーを淹れてくれ」

動画を見た作戦参謀が戻ってきた。

「さて、まず検討すべきなのはこのファイルだ。もちろん悪戯という可能性もある。情報参謀、これが悪戯でないとする意見をくれ」

「はい。広範囲に及ぶ電波妨害、それにわが海兵隊のカウンターである敵の陸戦隊に関しては、われわれも情報収集しています。確かにあれは、姚彦少将本人です。仮に悪戯だとしたら、将官クラスの顔を偽造するのはあちらでは重罪でしょう。情報機関の仕業だとしても、理由がわかりません」

「では、逆にこれは悪戯だとする根拠を誰か推定してくれないか」

　今度は作戦参謀が口を開いた。

「艦砲射撃すると言っていますが、肝心の艦隊はどこでしょうか。海南島急行にはいつも最新鋭の揚陸艦が随伴していますが、あれは予定通りに上海への航路をとったはずです。島の周囲にいるのは武装漁船だけ。二隻の味方警備艇も島を囲むようにいます。レーダーは目つぶしされていても水平線上は見えるはずだから、島の半径三〇キロから四〇キロに敵の艦は無いと判断していい。もちろん、警備艇はすでに敵艦隊を発見したものの、われわれと同じでそれを外に報せる術が無いという可能性はありますが」

「見張りに、味方警備艇に注意するよう命じよ！　発光信号を送ってよこすかもしれん」

「それに砲撃というのはフェイクで、実際は爆撃かもしれませんね。こんな小さな施設、戦闘爆撃機二機が低空で侵入し、爆弾を落とすだけで潰滅できる。そちらの方が手っ取り早い。西に避難しろというのも、兵を施設がない西に集め、そちらを爆撃するという意図かもしれません」

「黄中佐、君のような猜疑心の強い男が参謀にいてくれて助かるよ。……本土のレーダーは、ぎりぎり島の上空が見えるという程度だろうし、その可能性には備えるべきだな。しかしまあ、われわれはたいしたミサイルはもっていない。――チャパラルを偽装陣地に入れ、火を入れさせろ。あの赤外線センサーなら、沖合に現れる戦闘艦艇も見える。ただ、射程は短いからたいした期待はできんが」

「海巡署の警備艇に警告しませんと」と、情報参謀が言う。

「無駄だと思うぞ。もし事実としてそこに艦隊が迫っているなら、今ボートを出して知らせにいっても、着いた頃には敵艦隊に包囲されている。そのボートが戻ってくる頃には、島はもう攻撃を受けているだろう。彼らもこの電波妨害で、警戒はしているはずだ。無事に生き延びてくれることを祈るしかない。――これより〝玉山（ユイシャン）2号〟作戦を発動する。兵は持てるだけの装備と水、そして事前の配備予定通りに食料を持ち、西へと脱出！例の塹壕は使えるのかね」

「はい。急造ではありますが、無いよりはマシかと。スモークを焚きますか」

「当たり前だ。フロッグマンの配置も忘れるな。われわれは負けるにしても、ただでは負けてやらない。それなりの反撃はして、敵に犠牲を強いてやるぞ！」

そこにいた全員がコーヒーを飲むことができた。その上、機密書類を持ち出して通信機器を外すだけの時間もあった。

「さて、諸君。ここは燃やしたものかな。もしこれが何かの悪戯だったら、われわれは酷い恥をかくことになるが……」

「やめましょう、大隊長。機密は持ち出せた。ここには、ブービー・トラップを一つ仕掛けていきましょう。敵がここを砲撃せず、無傷で手に入れようと画策したら火が点くようにするのです。床に灯油を撒き、煙幕手榴弾を仕掛けておけば白燐（はくりん）が燃えて着火し、手がつけられなくなる」

作戦参謀がそう提案した。

「任す、やってくれ。さあ、全滅を避けるため、作戦参謀は北側陣地へ。私は南側に陣取る。例の〝ワニの口〟にケーブルを這（は）わせて、南北部隊の有線交信を確保しよう。ずっと前に整備しておくべきだったけどな」

島を囲むように配置されていたドラム缶のうち、風上側に配置されたものに一斉に火が点けられた。

黒煙が上がり、徐々に島を覆い尽くしていく。砲撃でも爆撃でも、これである程度は妨害できるだろう。せいぜい、嫌がらせ程度の効果しか見込めないだろうが。

　背嚢を背負った兵士らが、外の水道の蛇口（じゃぐち）に行列を作っている。急ごしらえの作戦案だが、敵の上陸に備えた対抗作戦は練ってあった。

「さて情報参謀、本国の味方はいつ頃気づいてくれるかな」

「この時間帯ですからね。敵はうまいことやってのけました。朝の六時に本土と定時連絡ができなくとも、参謀本部はいつもの電波妨害にあっているということしか考えない。向かってくる戦闘機がレーダーに引っかかってスクランブルしてくるなら別ですが、最悪の場合は明日の昼、定期便が飛んで来るまで気づかれないことを覚悟する必要があります」

「爆撃なら諦めるしかないが、艦隊なら空から攻撃できる。無線機を持たせたボートを発進させ、妨害電波の外で連絡させるというのはどうだ？」

「本当に艦隊がいるなら、水平線の向こうですでに包囲された後です。それがいなくとも武装漁船に包囲されている状況下では、すでに明るくなった海上で包囲網を突破できる見込みはありません。米軍が気づいてくれることを、祈りたいですが」

「空挺作戦はあると思うか」

「味方のレーダーに引っかからないよう輸送機を飛ばすことは可能でしょうね。その場合は、敵の地上部隊を残したまま降りてくるとは思えないので、われわれは全滅した後です。こちらには、対空機関砲もあることだし」

「……われわれにとって、一番歓迎できる作戦は何だと思う？」

「敵が宣言した通り、施設を砲撃した後に上陸用舟艇で向かってくるというのが、われわれにとって最も歓迎できる作戦です。上陸時を迫撃砲で叩けるし、敵が上陸した後は艦砲での支援も困難ですから。空対艦ミサイルを抱いた味方戦闘機も、いつかは飛んでくるでしょうし」

「いつかは、な……」

大佐は二個中隊の主立った幹部を集めると、円陣を組ませて訓示した。

「いいか、諸君――。最後に集まってもらったのは、互いが証人となるためだ。これはとても大事なことだ。われわれは無謀な突撃はしないし、旧日本軍のようなバンザイ突撃も無しだ。もし指揮官半分が潰滅した後、判断力を失った者が島の死守やバンザイ突撃を命ずるようなら、そいつを躊躇わず撃ち殺せ！　これ以上の持久が不可能だと判断した時点で、降伏する。それは二時間後かもしれないし、夕方、あるいは一晩は堪えられるかもしれない。まあ、味方が来てくれるまでは、一晩くらいは持ち堪えたいものだがな。――さあ、各自生き延びるために最善を尽くせ！　この〝玉山2号〟作戦は、勝てないまでも少ない戦力で持久するための作戦である。以上だ！」

敬礼を交わすと、皆が蜘蛛の子を散らすように走っていった。島の西端までは、三キロは走らなければならない。滑走路側にも僅かだが林がある。その中で、ある程度の持久はできるはずだ。急造だが、塹壕掘りもしている。

犠牲を減らすコツなど、たいして無い。本国からの援護があるはずだが、それも当分は見込めない。

陳大佐は、要点は何だろうかと考えた。おそらくはわれわれがここに踏みとどまり、旗を守り続けることだろうか。そうすれば、敵は島を占領したことにはならない。

問題は、軍が基地施設潰滅という衝撃的な事実を知り絶望した後、自分たちがここにまだ踏みとどまっていることを味方に伝える術が無いことだろうか。

それが民衆に伝われば、軍は奪還作戦に支持を得ることができる。

もっとも、それを北京が知ったら、大規模な砲撃や爆撃を行い、自分たちの肉体は一人残らず木っ端微塵にされるだろう。

洋上から光が投げかけられた。西側海域に展開している海岸巡防署の巡護一號（一二六トン）の探照灯が空を焦がしている。夜空へ向けてぐるぐると回っていた。それが大気中の微粒子に反射し、幻想的な光の帯を演出する。

彼らは、決して遊んでいるわけではない。無線が使えないため、警告しているのだ。

巡視船に武装らしい武装は無い。せいぜい重機関銃と、違法漁船を追い払うための放水銃程度。

何かが彼らの視界に入ったのだろう。武装漁船とは違う、何かが。

巡視船は探照灯で警告しながら、速度を上げて南へと走りはじめた。島から、遠く離れていく。

ということは、敵艦隊は北から襲ってくるということだ。

彼らが無事に逃げ延びて、本国に急を知らせてくれることを、今は祈るしかなかった。

第二章　東沙島

玉昭（ユィツァオ）型ドック型揚陸艦〝五指山（ウーヂィーシャン）〟（二五〇〇〇トン）は、西から東沙島へと接近していた。四〇キロまで近づいたところで、針路を南へとる。その時点で付近を警戒する台湾・海岸巡防署の巡視船に発見されたが、これは想定済みの事態で、かなりきつい電波妨害が付近に展開する武装漁船から発せられていた。実際には、それは漁具を積まないアンテナだらけの偽装漁船だったが。

二〇隻を越える大艦隊は、島に近づくまでいっさい探知されずにいた。米海軍や米空軍の偵察機もいない。そういう時期を選んだのだ。

作戦決行は、米軍の展開に合わせて決められていた。米海軍の偵察のローテーションを分析し、水上艦艇も空からの無人機の偵察飛行も無い、確実に安全な日取りをもって決められた。

あとは、この大艦隊を往来が激しい海域で秘匿（ひとく）できるかどうかだけだった。

完全な無線封止下に入ってすでに七時間以上が経過していた。うまくいくとはとても思えなかったが、無事ここまで辿り着けた。

第164海軍陸戦兵旅団を率いる姚彦（ヤオイエン）少将には、それが信じられなかった。艦隊司令部からこの作戦案が出された時には、馬鹿げていると一度はっきり撥ね除けていた。

ところが南海艦隊司令官の東暁寧(トンシィアオニン)海軍大将（上将）が自ら出向いてきて「うまくいく。私が保証するよ」と太鼓判(たいこばん)を押された。海軍最高位の大将からそう言われては、断ることはできなかった。

だが、事実としてここまで辿り着けた。何か裏があるような気がしてならない。たとえば、米側と話がついている、とか。

しかしそれはあまりにも合理性が無い。もしこの島を奪還するとなったら、満身創痍(まんしんそうい)のアメリカは中国と正面から事を構えることになる。

それに、最終的にアメリカは口先だけの非難で黙認することになるだろうと立案された作戦だ。

ここではいかなる電波も発信されていないので、艦隊の中で一番広い〝五指山〟の艦隊情報指揮所のスクリーンも静かだ。推定によるおおよその味方艦艇の位置しか表示されていない。ベテランの下士官が、透明なプロッタに位置情報や速度を刻一刻と書き込んでいく。

全周を監視している暗視カメラのモノクロ画像は、四面のスクリーンに表示されていた。艦首方向のカメラにはいわゆる中華神盾――中国海軍版イージス艦の艦尾が見える。距離は比較的近い。だが、イージス艦とてレーダーを発しているわけではなかった。航海用レーダーすら動いていないのだ。

「東提督、お見事でした。素直に謝罪いたします。こんな作戦、絶対にうまくいくとは思えませんでした」

姚少将は、一段高い指揮官席に座る大将の横でそう詫びた。

「その謝罪、受け入れよう。だが現代において無線封止下の作戦行動というのは、言うほど容易ではないのだ。この作戦は、今時こんな古いことは誰もやるまいという盲点を突いたもの。私は、身内同士の艦隊戦でも一度使ったことがあるがね。もう話してもいいだろう、これは私自身の経験から編み出した戦法だ。――我が海軍がまだ数千トンもの情報収集艦をもたなかった時代。われわれは、ほんの一〇〇トンの偽装漁船でハワイ沖まで進出し、米海軍が主催するリムパック演習を偵察していた。あれは中尉になった頃だったか、私も乗組員の一人としてボロボロのシャツを着て漁船に乗り組みハワイへと向かった。食べ物は毎日同じ。米海軍の妨害もあって、楽な任務ではなかった。艦隊演習がはじまったある夜のこと、突然、参加部隊にない米艦隊が現れた。明らかに空母機動部隊だ。通常リムパックには、空母機動部隊は一つしか参加しない。たまたま何かの都合ですれ違うところなのだろうかと思った。レーダー上では、米海軍艦艇だけで四〇隻もの戦闘艦艇が犇めいていた。レーダーや電子支援対策(ESM)の情報を四人がかりでプロットした。大忙しだったな。ところがある瞬間、奇妙な現象が起こったんだ。空母機動部隊が一個艦隊、消え失せた。まるで手品のように、一瞬に消えたんだ。何が起こったのか、さっぱりわからなかった。漁船のレーダーとESMが、同じタイミングで故障したのかと思ったほどだ。その後、母港に帰ると、どうやら第七艦隊の大勝利で演習は終わり、対抗部隊の主力だった日本の海上自衛隊は敗北判定を喰らったという情報が届いた。だが詳細というか、その理由はさっぱりわからなかった。……それから五年後のことだ。少佐になり司令部勤務になった時、確か韓国軍スパイの情報だったと思うが、報告書に接する機会があった。そこに、あの時何が起こったのかが詳細に書かれていた。二個空母機動部隊が逆V字型に接近して交差し、交差した瞬間、もう一方の艦隊、つまり演習に参加している艦隊は一斉に無線封止に入り姿を消す。対抗部隊はしばらく、別の空母機動部隊を演習参加部隊だと勘違いして追いかけた、というわけだ。気づいた時には背後に回られていた。空母だぞ。空母機動部隊をまるまるそうやって消せるなんて、艦隊運用者はまず考えない」

「……そんなことが、可能なのですか?」

「必死だからだ。リムパックの参加国にとっては、あの演習に参加できることはただの名誉でしかない。あるいは米海軍の最新の戦法を学ぶ良い場所だ。ところが、米海軍にとっては違う。リムパックでヘマをやらかした指揮官は、速攻で左遷(させん)される。彼らにとっては、それほど真剣な場なのだ。残念だがわが中国海軍は、一人内に籠もっている限りはあの技術を学ぶことなど永遠にできない。彼らは空母機動部隊を数千キロ瞬時にワープさせる程度のことは、造作も無くやってのける。私はそれをよく知っている。正直、真相を知った時には震えたよ。一生、この海軍と戦わずに済むことを祈ったね。今も祈っているが」

巡視船が逃走を図っていたが、これも想定通りだった。巡視船が最大戦速で台湾本土に辿り着くまでの間、電波妨害できるように航路上に偽装漁船を配置してある。

左舷側を監視する暗視カメラ映像の水平線が、明るさを取り戻しつつあった。

夜明けが近づいている。

先行する江凱(ジャンカイ)Ⅱ型フリゲイト二隻が戦列から離れて島へと接近した。島影は、よく見えない。スモークが焚かれている様子だが、おそらく赤外線を欺瞞(ぎまん)する物質が混ぜてあるのだろう。島全体がぼやけていた。

だが、どうにか目視照準できる明るさを取り戻している。

「艦砲射撃を開始せよ！　いいか、一番下手くそな艦長は、クビだからな」

大将の言葉を疑う参謀はいなかった。発光信号が送られ、二隻のフリゲイトが多目的榴弾を主砲で発射しはじめる。

陸上でパパッと火の手が上がる。だいぶ遅れて、砲撃音とそれに続く着弾音が聞こえてきた。

各艦二〇発ずつの砲撃を終える頃には、まともに立っている建物は一つも無くなっているだろう。黒煙に包まれて、攻撃が成功したか否かは確認しようがなかったが。

無人機が上がり、地上を撮影して揚陸艦へと戻ってきた。その間、別の二隻のフリゲイトが攻撃位置へと前進する。

「では、少将。後は君に託す。われわれは、しばらくは踏み留まる。台湾空軍の第一波は阻止できるつもりでいるが、そう長居はできないと思ってくれ。いざとなったら、作戦通りに行動してくれよ。君の部隊の戦力は貴重だ」

「了解しています、提督。これまでの成功をふいにしないよう、全力を尽くします」

「信じている。この作戦はあくまでも、全体の一部なのだからな。失敗は許されないぞ」

艦速が落ちて、上陸作戦開始を伝えるサイレンが艦内で鳴り響く。

二隻のドック型揚陸艦はそれぞれ配置につくと、まず武装した四機の直昇‐18A型輸送ヘリを発進させた。それぞれ分隊規模の先鋒隊が乗っている。

地対空ミサイルによる攻撃を回避するために、ヘリは海面を這うように進む。前方は、暗視ゴーグル上ではほとんど真っ暗だったが、夜目では辛うじて海岸線が見える。

だが砲撃による火災があちこちで発生していて、

視界は最悪だった。おそらく陸側に敵兵が潜んでいても、こちらは視認できないだろう。砂浜に突っ込むような形でヘリが着陸し、兵が飛び降りた。

分隊長は、それぞれ五星紅旗の小旗を手に持っていた。それを砂浜に突き立てる。四本の五星紅旗が砂地に立った。

ヘリが引き返してくる前に、揚陸艦のウエルドックから05式水陸両用戦車が発進する。八両が水上に発進すると、05式水陸両用歩兵戦闘車が続く。これには、分隊規模の歩兵が乗っている。

この先鋒部隊は規模は少なく、ほんの一個中隊に満たない虚仮威しだが、効果は絶大だった。

続いてようやく本隊が上陸用舟艇に乗って発進した。揚陸艦はそれぞれ一個大隊を乗せていたが、作戦の進捗状況を見て一個大隊は速やかに撤収させることになっていた。

この調子では、昼過ぎには撤収できそうだと姚少将は判断した。ドック型揚陸艦は良い的になる。長時間、戦場に置いておきたくはない。

早いうちに中国本土の領海内に戻したい。そうすれば、台湾空軍が追いかけてきても、味方空軍が撃退できる。いや、一個中隊も残せば十分か、という印象だった。

姚少将は、戻ってきた第二陣の上陸用舟艇に乗り込んで発進した。沖合から見ると、歩兵がびっしりとビーチに固まっている。

ぞっとする。攻撃されれば、ひとたまりもないではないか。

上陸地点には、高さ五メートルほどあるポールに大きな五星紅旗が掲げられていたが、姚の眼には全く入らなかった。

「何をしている、さっさと前進しろ！　こんな所に固まるな。全滅するぞ！」

ハンドマイクを持って怒鳴ったが、砂浜沿いの

林は意外にも深い。基地施設へ向けて小径が何本も走っていたが、どこでも戦闘車両が止まって大渋滞を起こしている。

　旅団参謀長の万仰東(ワンヤントン)大佐が、その車列の横を抜けてビーチに戻ってきた。

「大佐、なんで前進しないんだ」

「はい、将軍。少し、拙い事態です。実際にご覧になった方がいい」

　林の中の小径で、戦闘車両が一〇メートルもない間隔で止まっていた。燃料節約のため、すでにエンジンは切られている。林の中に作られた小径は直線ではなく、軍事基地のそれらしく微妙にカーブしていた。

　先頭まで辿り着くと、見たくないも光景があった。水陸両用戦車が、ケツを上げて擱座(かくざ)していたのだ。対戦車壕だ。前部が壕に落ち込み、主砲は無様に曲がっていた。

　深さは三メートルはある様子で、水が溜まっている。

「コンクリート製です。蓋もコンクリでできていますが、ご覧のように草が生えていて、目視でも気づけません。この左側に幅のある直線道路が一本走っていますが、そこでもやられました。この右に走る二本は、幸い引っかかる前に車両を止めることができましたが、どこにこの落とし穴があるのかは、まだわかっていません。おそらく、普通の車は耐えられても、一〇トンもあるような装甲車両は通れないよう作ったのでしょう」

「これは、両サイドの木を切り倒して迂回路を作るしかないだろうな」

「そう思ったのですが、こちらも見てください」

　大佐は、道路脇に立つ直径五〇センチほどの木の幹をバヨネットで叩いた。

「硬そうだな、チークか何かかね」

「いえ、コンクリ製ですよ！　芯には鉄筋が入っています。枝も葉も、すべて人工物です。まるでどこかのテーマパークの人工林ですね。爆破するしかありません」

簡単に迂回路は作らせないぞという、意思表示だ。

「なら、どの程度迂回すればいいのか……」

このとき、後ろで物音が聞こえた。兵らが迂回路を探し、林の中に入っていく音だ。

「止めろ、林に入るな！」

将軍は怒鳴ったが手遅れだった。パン！　という破裂音がすると同時に、兵士の身体が宙に舞う。続いて悲鳴が聞こえた。

そこは、地雷原だった。迂回路を探そうと林に入った敵を、地雷で屠る罠だ。

最初の戦死者が出てしまった。

「迂闊な奴めが……。これでは先が思いやられるぞ。この擱座した戦車を引っ張り出せるか？」

「二六トンあります。この重量ですと、本土から大型クレーンを持ち込まないと。工兵隊で迂回路を作るしかありません」

「ならまずは地雷を除去し、それから道路か。やるしかないだろうな。ここから先は、しばらく歩兵だけで進もう。どうせ敵はいない。何とかなるだろう。使える道を探せ！　それが無理なら、もう一度海へ戻り、安全な道を探すしかないぞ。北側の滑走路端からの上陸はどうだ？」

「西側に逃げたはずの敵に、横腹を晒して上陸することになります。あまり良い道とは……。しかし検討はします。煙幕を焚きつつ上陸するなどを考えます」

「ああ、歩兵を先行させ、橋頭堡を確保してから上陸させればいい。こんなもの、序の口だと思うしかないな」

ビーチに戻ると朝日が水平線上に出ていた。洋上は、一〇隻を越える上陸用舟艇やエアクッション艇で埋め尽くされている。壮観な光景だが、姚は拙いと思った。兵も物資も、まだビーチに留まったまま。対空車両や弾薬ケースが無造作に砂浜に積み上げられていく。

いったん作業を止めさせる必要があるだろう。こんなところを砲撃されたら、ひとたまりもない。

糧食が入ったケースが積まれたエリアの中に、指揮所が設営されていた。

フルーツが入った段ボールが、二メートルほど積み上がっている。陣地はコの字型に作られていた。

艦隊とのレーザー通信用機器が、すでに立ち上がっているようだ。見通し距離内でしか通信できないが、無線傍受で察知されずに済む。

姚少将がその指揮所に入ろうとすると、突然ヒュルルという甲高い音が聞こえてきた。花火を打ち上げたような音だ。

振り返ると、海中からレッドフレアが空中に上がっていた。赤い煙と音を出しながら、そのレッドフレアは一〇〇メートル近くも空中に上がる。何者かが、海中から打ち上げたのだ。

姚は、すぐに指揮所に走り込むと「くるぞ、敵の砲撃がくる！」と怒鳴った。

砲撃は、すぐにはじまった。ポンポンポン！と迫撃砲の発射音が響く。

三キロ向こうから発射されたとなると、着弾は砲声の何秒後だろうかと考えた。全員が砂地に伏せる。まるで頭を砂地に突っ込まんばかりに思い切り伏せた。

着弾まで無限に続くかと思われた数秒が経過すると、辺りで突然爆発音が連発する。巨大なネズミ花火に火を点けられたような感じだ。

一二〇ミリＲＴだ。半径三〇メートル内にいた者は、全員吹き飛ばされるだろう。五〇メートル離れていても、破片を喰らってボロボロとなる。爆音の合間に、あちこちから悲鳴が聞こえてきた。

この砲撃は、永遠に続くかと思われた。更に、積み上げたミサイルの弾体や対空ミサイル車両に命中し、ひときわ派手な爆発を起こす。この爆風で、指揮所を囲むように積み上げられた段ボール箱が一瞬で吹き飛ばされた。

姚少将は三〇発目まで数えたところで、着弾音を数えるのをやめた。おそらく二〇基近い砲が最低二分間は撃たれたはず。とすると、最低でも二〇〇発ほどの砲弾を喰らった。こちらの艦砲射撃の比では無い。

砲撃が止んでも、視界は晴れなかった。爆煙がそこら中に立ちこめている。

少将は自分が五体満足であることを確認しつつ立ち上がろうとすると、生暖かいものを首筋に感じた。何かが背中に乗っている。

一瞬、負傷したのだろうかと思い上半身を起こすと、それがドサッと砂地に落ちた。誰かのちぎれた右腕だ。肘の少し上から切断されている。

完全に身を起こすと、被った砂がザザーと戦闘服の隙間から滑り落ちてくる。口の中にも砂が溜まっていた。

耳には大音量を緩和するためのイヤープラグが塡めてあったが、頭がガンガンと痺れる。平衡感覚が失われて、真っ直ぐに動けない。

耳の感覚が徐々に戻ってくると、悲鳴と救護班を呼ぶわめき声が周囲から聞こえてきた。

また、段ボールが粉々に砕かれたことで、バナナやリンゴがまるでミキサーに放り込まれたかのようにぐちゃぐちゃになって飛散しているのも見えた。ほとんど原型を留めていない。

まだ視界は無かった。

「通信機を……通信システムを、先に復旧しろ。この状況は、洋上からも見えている。すぐ助けがくるぞ」

反応は無かった。指揮所要員も負傷しているのだろう。誰かが数メートル向こうで痙攣（けいれん）していた。血だらけだ。首に穴が空き、そこから息をするヒューヒューという音が不気味に響いている。砲弾の破片が顔面にもめり込んで、左眼から顎を抉っていた。助かるようには思えない。

姚は〝苦しむ部下を速やかに楽にしてやるために士官が持ち歩く最上の特効薬〟である92式ピストルを抜くと、ＦＡＳＴヘルメットの脇からこめかみに銃口を当てて引き金を引いた。

その瞬間、後悔の念に囚われた。名前は知らないが、彼は無口な通信兵だったように記憶している。こういう部隊には珍しいタイプで、おそらく通信の技量を買われてうちにきたのだろう。娑婆に戻れば、ＩＴ企業に再就職し、豊かな人生を送れたに違いない。

いや、そもそも彼は助かる可能性があったのではないかという疑念も湧いてきた。片目を失い、舌を焼き、顎が砕けたとしても、手術を繰り返せば助かったかもしれない。

だが、と姚少将は頭を振った。考えるのは、もうよそう。それはそれで地獄の道だ。痛みに耐える彼をここで助けたところで、他に見捨てなければならない負傷兵が出てくるのだ。

姚は、鬼の形相でピストルを右手に持つと、大きく一歩を踏み出した。

ビーチは、地獄絵図と化していた。そこかしこで湯気（ゆげ）を立てた何かが飛び散っている。一瞬、ナマコの類かと思ったが、それは飛散した兵士の腸だった。まるでマネキン人形の墓場のように、引きちぎられた人間のパーツが転がり、砂地に刺さっている。

無事だった兵士は呆然と砂地に座っているだけで、負傷兵を助けようとする者はいない。

そのうちの一人が、抱いていた銃を放り出すと、重たい装備を身に纏ったまま海へ入っていった。

「こんな所にいちゃ駄目だ。家に帰らなきゃ」と呟いている。

「誰か、あのバカをとめろ！　溺れ死ぬぞ――」

叫んだが、誰も動こうとしない。やむなく姚は自ら波打ち際に進んだ。膝上まで浸かり、兵士の襟首を掴んで引きずり戻すと「目を覚ませ！」とピストルのグリップで思い切りヘルメットを叩きその場で気絶させた。

戦闘部隊とは思えないほどの惨状だったが、時間が兵士たちを目覚めさせた。呆然と座り込んでいた兵士らが徐々に立ち上がると、救急キットや担架を持ち負傷兵のそばに寄っていく。担架があったのは幸いだった。すぐ後送できる。

もうしばらくすると、林の中から小枝で作った担架を担いだ集団が飛び出してきた。旅団参謀長の万仰東大佐たちだ。

「無事だったか？」

「はい。自分らはたまたま先頭にいたので、例の対戦車壕に飛び込み砲撃を凌ぎました」

「車両は、どうだ？」

「全滅です」

大佐は林の中を指差す。何ヶ所かで酷い火事が起こっていた。直撃を喰らった車両が炎上しているのだろう。

「燃える車両を迂回し、やむなく林の中に入るしかありませんでした。それでわかったのですが、地雷が仕掛けられているのは、あの対戦車壕の周囲だけだと思われます。それで、数えただけでも直撃破壊が三両あり、他も破片を喰らいまともには使えません。戦車回収車を持参すべきでした。この道は、もうこのまま放棄するしかありませんね。敵は、林側の上陸ポイントを精確に狙ってきた。車両がどこで止まり、渋滞するかも知っていた。各砲座に攻撃ポイントを与え、あとは連射するだけ。敵ながら、見事な戦術です」

「腹立たしいが、敵の意図と能力を見誤ったな。われわれの責任だ」

　遠くで大きな爆発が起こり、ミサイルが弧を描いて空中に飛び上がった。防空ミサイルの予備弾に火が回ったのだ。爆発の熱波がここまで伝わってくる。爆発に巻き込まれて火だるまになった兵士が、海へ飛び込むのが見えた。ここからではどうすることもできなかった。

　情報担当士官の戴一智（タイイーチィ）少佐が息を切らせて走ってきた。両手が砂だらけだが、それは血に染まった両手を砂で洗い落とそうとしたからだろう。

「報告します、旅団長！　作戦参謀は行方不明。捜索を命じてありますが、同行していた部下らと一緒に戦死したものと思われます。自分の上官である情報参謀は、腹部に破片を喰らい重体です。意識はありますが、動かすのは危険と判断して地面に寝かせたままです。任務継続は不可能だと判断します」

「わかった。では戴少佐、君がこれから旅団情報参謀だ」

「しかし、自分は少佐でありますし――」

「いや、君はこの混乱した状況下で、部隊の状況を的確に把握すべく尽力している。その冷静さと資質に疑問はない。同意するな？　参謀長」

「もちろんです！　しかし作戦参謀の代わりは、どうしましょう」

「私に世辞を言わず、君が煙たがるような人物がいいな」

「となると、一人しかおりません」

「雷中佐か？」

「はい。まだ洋上のはずですが」

「すぐ呼び出せ！　中佐の肩書きではあいつの言うことは聞かん奴が出てくるだろうから、私の戦時権限で大佐にする。いずれにせよ命令だ、すぐ連れてこい。最初からあいつをここに上陸させるべきだったな。そうすれば、この犠牲を半分以下にできただろう……」

　将軍は苦々しく吐き捨てるように言った。

「それで戴少佐、われわれの犠牲はどの程度に見積もれる？」

　すぐに少佐は、弾薬ポーチにしまっていたメモ帳を取り出し捲る。それは血だらけだった。

「まず車両部隊ですが、七割が破壊もしくは走行不能状態です。歩兵の戦死者は、少なく見積もっても一五〇名前後。負傷兵は、おおよその四倍から五倍になるでしょう。これは行動不能な怪我を負っている者に限定してですが」

　恐ろしい数字だ。今も、あちこちからピストルやアサルトの発砲音が聞こえている。すべて単発で、連射音はしない。

　単発で撃っているということは、誰かが負傷兵を楽にしてやっているということを意味する。

「中隊に匹敵する人数が、たった二分の攻撃で戦死し、大隊規模が戦闘不能に陥ったのか？」

「はい。しかし、これでもマシな方かと。最近の戦闘服やアメリカ製のプレート・キャリア・システムを真似た装具は防弾性能に優れていて、以前なら死んでいた兵士が助かるようになっていますし」

「一個大隊はすぐ送り返せるつもりでいたのに、敵と互角の戦力で戦う羽目になったな。さて、どうすべきだろう。意見をくれ」

「はい。優先順位としては、まず負傷兵の手当と後送、確保した橋頭堡の防衛、基地施設を占拠するための新たな上陸地点の再設定、というところでしょうか」

すぐに万参謀長が発言した。

「この窮地に乗じて、敵が更に仕掛けてくる可能性は？」

「自分は無いと判断します」と新しい情報参謀が断言した。

「敵が仕掛けてきたら、われわれは橋頭堡を放棄しすぐに洋上へ退却、洋上から再度艦砲射撃を加え、今度こそ敵部隊を殲滅できます。こちらはほぼ無傷のまま再上陸できる。敵にとって重要なことは、味方の援軍が到着するまで、戦力として島に留まり続けることです。もし攻撃継続の意図があれば、今頃われわれはとっくに敵地上部隊と交戦しています」

「なるほど、合理性がある判断だ。だが、万一もある。前方に斥候（せっこう）を出してくれ」

沖合に救護班を乗せた上陸用舟艇が一隻現れた。エアクッション艇一隻がそれを追い越すようなスピードで突っ込んできたが、海面の状況を見てくるりと向きを変えて引き返していった。

兵士の死体や、弾薬ケースがぷかぷかと浮き沈みしているのだ。中には生存者もいて、必死に沖合に向かって泳いでいる。

とてもエアクッション艇を突っ込ませられる海面状況ではない。

「舟艇一隻しか出せないのか」と、参謀長が嘆く。

「敵の第二波は警戒するしかない。反撃して黙らせるまでは、接近も危険だろう」

フリゲイトが二隻、島の西部へと向かっている。砲撃がはじまり、島の西の方で爆煙が上がるのがわかった。なるべくなら滑走路は無傷で手に入れたかったが、それは不可能なようだ。

だが滑走路はそれなりの長さがある。空軍は、全長の半分が無傷なら支援機を飛ばせると言ってくれた。それに賭けるしかない。

フリゲイトの砲撃が一段落すると、ようやく後続の上陸用舟艇が出てくる。自分もいったん揚陸艦に引き揚げ状況を説明すべきだろうかと思ったが、兵が残っている中で指揮官が戦場を離脱するわけにはいかない。

姚少将は、爆風で手首を打ち砕かれてだらんと垂らしている中尉をつかまえて、急いで認(したた)めたメモを彼に持たせた。

——対戦車壕と地雷原に行く手を阻まれたところに砲撃を喰らい、現状では一個大隊が潰滅したと判断せざるを得ない。これはひとえに自分の責任であるが、残る一個大隊で任務をやり遂げる覚悟である。

そうメモに短く書き連ねた。

輸送ヘリによるピストン輸送が開始される。輸送ヘリは、各艦に乗っている軍医や衛生兵を拾ってここまで運び、助かりそうな兵士を担架に乗せ自分らの艦に連れ帰るのだ。

あちこち派手に燃えているせいで、それが煙幕となり、ヘリが比較的安全に運用できるのは皮肉だろう。

直昇－9C対潜ヘリコプターが海面を這うように進んでくると、まずは束ねた担架を地面に落とし、続いて士官が一人砂浜に飛び降りてきた。へっぴり腰だ。

「なぜあいつをうちの部隊に入れたんだ？　普通なら、軍学校の教官あたりで軍隊を終えているはずだろう」

そう姚は嘆く。どこへ向かえばいいのかうろうろしている相手に対して、姚は両手でメガホンを作り「こっちだ、こっち！」と怒鳴る。

　だが、ヘリのローター音や上陸用舟艇のエンジン音、そして喚き叫ぶ兵士の悲鳴に掻き消されたようだ。参謀長が大きくゆっくりと右手を回し合図して、やっとこちらに気づいてくれた。

　奴は、明らかに戦場には不向きな人材だ。

「やはり、帰ってもらおうか……」

「確かに、あの男に銃を持たせる羽目になれば、この戦争に勝ち目はありません。認めがたいですが、作戦を語るだけならあれ以上の人材はいませんよ」

　そう言われた士官──雷炎(イエン)大佐は、二人の前で軽く敬礼すると「ちょっとすみません」と言って軍靴の紐を解きはじめた。

「何をしている？」

「着地した時、どうも砂が入ったようで……」

「冗談だろう。それより君がここに辿り着くまでの間に気づかなかったか？　血を吸って真っ赤になった場所が少なくとも四箇所はあった。千切れた手や足や首が、まだそこら中に散らばったままだが」

「ええ。自分が警告した通りになりましたね。かつてアメリカ軍は、太平洋の島々でわれわれの数十倍の艦砲射撃を繰り広げ、日本軍が占領する小島に上陸を繰り返した。ですが毎回手痛い反撃にあい、万の犠牲を払いながら太平洋を渡ってきた。自分はそれを戦史として報告しようとしましたが──」

「ああ、あの検討会での事か。参謀長が、兵站屋(へいたん)の中佐ごときが黙っておれ！　と一喝した」

「仰る通り、自分は兵站屋です。ここで起こったことに、何の責任もありません。人民同胞として、悲しみを覚えるだけですね」

「……私が悪かった。ここで謝れば、許してくれるか」

参謀長が、ばつの悪そうな顔で言う。

「まあ、それが人の道だとは思いますがね」

「よさんか、二人とも！　ここは戦場だぞ。それに、上官には敬意を払え。君を推挙したのは、その参謀長だ」

「いや、いいのです、将軍。あれは私の判断ミスだった。これからは、君の判断と意見を最大限尊重しよう」

「ありがとうございます。では、自分は仕事がありますので引き揚げてもよろしいですか？」

そもそも、なんで呼びつけられたのかわからないという態度だ。

「いや、お前の兵站指揮官の任を解く。先ほど、作戦参謀をはじめ作戦係の幹部士官が全滅した。そのため、君を旅団作戦参謀に任命する。ただちに班員を指名し、任務にあたれ！　君もいろいろ言いたいことはあるだろうから、詫びとして大佐に昇進させる。その一言多い君の性格が無ければ、今頃はとっくに大佐になっていておかしくなかったからな」

「申し訳ないのですが旅団長、兵站の任務も重要です。とりわけこの攻撃で、無様な惨状を招いた状況下では。自分は引き続き兵站業務を担った方が作戦のお役に立てると思うのですが」

「君は確かに天才だが、我が軍にもそれなりに人材はいる。信頼する部下を後任に命じたまえ」

「それは、命令ですか？」

「ああ。ここは軍隊だ、全ては命令で動いている」

「それは困りましたな」と、雷大佐は脱いだブーツをひっくり返して砂を出しながらぼやいた。

「確かに補給は大切だ。われわれは、手持ちの武器弾薬の全てを失った。もう揚陸艦には手榴弾の一箱とて残ってはいないだろうからな」

「はい、確かに。ただまあ、こうなることはわかってましたよね」

雷は涼しげな態度でこう言ってのけた。

「……初耳だ。そんなことは」

さすがに姚も不快な顔で言い返す。

「そうですか？　上陸してしばらくしたら、橋頭堡に対し野砲の攻撃があることなんて、わかり切っているじゃないですか。そんな場所に歩兵と一緒に武器弾薬を陸揚げするのは自殺行為です。両手に爆弾を抱えて敵の前に飛び出すようなものだ。全く、馬鹿のやることとです」

「馬鹿で悪かったな！　確かにこの犠牲者の前には、われわれは馬鹿だったとしか言いようがないが」

「しかし、武器弾薬はありますよ。多少、陸揚げに手間がかかると言うだけで。同志参謀長が私の発言を許してくださらなかったので黙っていましたが、それなりの手は打っていました。第一陣で武器弾薬を陸揚げする必要は、はなから皆無です。兵隊は手持ちの弾薬でしばらくは継戦できる。最優先すべきは、負傷兵が出た時の救命システムと後送手段であって、第一陣で運んだ補給物資は担架と輸液パックです。皆さんの目を誤魔化すために、どうせ使い道のない防空ユニットや地対空ミサイルの弾体ケースを目立つよう入れましたけどね」

「なぜ防空ユニットの使い道が無いのだ？」

「はあ、それが活躍するということは、われわれがすでに制空権を喪失しているということだからですよ。そんな状況で継戦できると思いますか？　どうせ使い道は無いから、早々にやられても構わないと判断しました。武器弾薬や糧食、水も後続の旧式揚陸艦、輸送艦に積んでいます。時間はかかりますが、揚陸できます。それらを素早く揚陸するための作戦案も立案しましたよ」

「やれやれだな。全くお前は食えない奴だ！　上官にごまをすって出世してきた連中が、君を邪険にするわけだ。……それで、これは君がいなければ遂行できない作業なのか？」

「いいえ。作戦は完璧だし、私は有能な人間しか手元に置きませんので。艦隊の命令があればすぐ開始できます」

「やれ！　すぐとりかかるよう命じよ」

「はい。ただ、急ぐ必要はありません。戦死や負傷して後退する兵士の装備で、しばらく戦えます。まずは負傷兵の後送作業を行いながら、不要になった装備を回収し有効利用しましょう。一個大隊が全滅し、残る大隊で作戦を継続するのであれば、大隊分の装備が残されるということです。弾薬にしても食料にしても」

「ごもっともだ、雷大佐。私は頭痛の種を抱えたのでなく、戦場に〝神〟を呼び寄せたのだと信じたいよ」

「こんなちっぽけな小島の奪い合いに〝神〟が関心をもつとは思えませんけどね。いずれにせよ、われわれは皆、無神論者だ」

参謀長が、この男で本当によかったのか？　という恨めしげな顔で旅団長を見遣る。

「参謀長、われわれは勝たなきゃならん。勝てなければ、バンザイ突撃をするまでだ。勝てると確信できるなら、私は悪魔にだって魂（たましい）を売る。次のヘリで、誰かの階級章を剝がして運ばせろ。君は、うちの部隊の佐官級の誰にも好かれてないからな」

その後、敵の攻撃は無かった。先ほどの一度きりだ。弾薬が尽きたのか、一度の攻撃で十分だと判断したのか。

もちろん、洋上からの砲撃はそれなりに効果があったはずだ。こういう小島では、トンネルを掘って隠れるというわけにもいかない。少し掘っただけで、海水が染み出してくるからだ。あの対戦車壕のように、コンクリートできちんと造らなければトンネルなど維持できない。

敵が身を隠す場所は限られているはずである。

当初の作戦案では、基地施設の鎮火を待ちつつ陣地構築し、空路補給部隊を呼んでほんの三日で戦闘機が常駐できるだけの野戦飛行場を整備する予定だった。

その間、敵は投降するか、もし投降しなければ戦車や装甲車を仕立て、林の中に侵攻し、掃討する予定になっていた。小さな林だ。二日も三日も立て籠もれるわけはない。

半日も脅しをかければ白旗を揚げて出てくるだろうという目論見だったのだ。

島の掃討に関しては、今でもその状況は変わらないつもりでいたが、しかし掃討作戦に取りかかれるのは夕方以降になりそうな予感がした。

砲撃された基地施設は、まだ燃えている。スコールでもこなければ、燃え落ちるまで火は消えないだろう。

ほぼ毎日のようにスコールがきて、林は十分に湿っている。林の中まで延焼する危険は無いが、この火事が収まらない限り、指揮所を立ち上げる場所も限られる。

まあ、だが雷炎は使える男のようだ。もっと虚(きょ)心坦懐(しんたんかい)に部下の資質を見抜き、早くに彼の使い道に気づいていれば、こんなことにはならなかったのか。

人生は後悔の連続だと、姚はため息を漏らした。

「鐵軍部隊(アイアン・フォース)」を率いる陳智偉(チェンヂーウエイ)大佐は、自分のバヨネットで塹壕に穴を掘りながら敵の上陸に備えていた。

　この塹壕はほんの二ヶ月前、ショベルカーを動員して急ごしらえで掘ったものだ。

　深さは一五〇センチ。これ以上深く掘ると、いざという時に兵が塹壕から出られなくなるし、何より海水が湧き出てくる。珊瑚礁だから水捌けはいいが、いったんスコールがくると塹壕足は避けられない。そう長い日数立て籠もれるものではなかった。

　全兵士が、同じく穴掘りをしていた。手榴弾が投げ込まれた時に、それを落として爆発のエネルギーを減殺するための穴と、いざ塹壕から飛び出す時につま先を引っかけるための階段を作る。普段はそこにマガジンを置き、引き出しにも使えるようにするのだ。その穴を何段か掘る必要があった。

　海中に潜ませたフロッグマンからの合図を見た時は、ほっとした。それはフロッグマンが生きているという証拠でもあったからだ。

　この合図で開始した迫撃砲攻撃が、どの程度有効だったのかはわからない。だが、この日に備えて、急遽迫撃砲部隊にいた予備役をかき集めたのだ。皆、仕事を中断させて、有無を言わさず連れてきた。

　彼らが生きて還れる保障は無い。

　彼らは海兵隊の主力と違い、ほとんどが所帯持ちだ。もしここで全滅したら、気の毒なことをしたと、陳は思った。軍が、それなりにこの犠牲に報いてくれればいいのだが。

　砲撃の結果は、結局、フロッグマンが戻ってくるまではわからないままだ。しかし、その攻撃に対する反撃はすぐあるだろうことは覚悟していた。

　幸いにして塹壕は兵士全員を収容できるだけの

長さがあり、それはジャングルとはいわないまでも小島の林の中にうまく偽装されていた。

掘った土も防御壁として利用され、その上には偽装ネットを被せた。頭上をドローンが飛んだ程度では、塹壕の位置はわからないことも、何度も確認している。

艦砲射撃は、強力だった。

耳栓がほとんど役に立たなかった。四方八方から頭上を見舞った爆風も、凄かった。陳大佐は、爆風で負傷しないように耳栓をしっかりして口を半開きにするように徹底させた。鼓膜が破れる程度では済まない。一気にかかる気圧で、眼球が飛び出してしまうのだ。

弾数は、計四〇発前後。おそらく、フリゲイト二隻による攻撃だ。凄まじいの一言だった。

攻撃が終わった時には、目の前の景色が変わっていた。ほんの一〇メートルもなかった視界が、木々がなぎ倒されたことで二〇メートル程は見えるようになっていた。

煙幕が晴れると、朝日が塹壕の縁に差しかかる。被害報告を待ちながら、陳大佐はただちに偽装を修復するように命じた。頭上にやってくるであろうドローンに対する偽装だ。この塹壕の位置が露呈すれば、敵は寸前まで歩兵を進めると同時に、迫撃砲で攻撃を仕掛けてくるはずだ。そんな攻撃には、一回持ち堪えられれば良い方だ。

指揮所にもっとも近い砲弾は、二〇メートル後方で爆発した。衝撃波で死んだかと思った。金属バットで思い切り殴られた感じがしたのだ。ゴーグルが吹き飛び、塹壕の壁が崩れて吹き飛ばされた小枝があちこちに刺さる。あとでわかったことだが、兵の負傷のほとんどが砲弾の破片ではなく、飛んできた鋭利な枝などによるものだった。

また、一発は離れた塹壕を直撃したようだ。衝撃波と爆風で、一〇名が即死したという。

　砲撃の直撃を前提としたこの塹壕は、全てが繋がっているわけではなく、爆風を空中に逃すために所々途切れている。その設計のおかげで、被害は拡大せずに済んでいた。

　砲撃がひと段落した後、〝ワニの口〟の南北を繋ぐための有線ケーブルを敷く。電話が繋がり、滑走路側の守備に回っていた作戦参謀の黄俊男(ホアンジュンナン)中佐の声が聞こえる。なぜか懐かしく感じられた。

「黄中佐、君の声が聞けて嬉しいよ。こちらは一箇所直撃を喰らって一〇名が即死。負傷兵は無数だが、まあ初手としてはこんなものだろうと思う」

「よかったです。こちらは二箇所に喰らい、戦死一五名。他に助かりそうにない負傷兵が数名出ています。いざとなったら、自分が楽にしてやりますが」

「攻撃が成功したかどうかはわからないが、敵を刺激したことは間違いないな。フロッグマンが無事に戻ってきたら報告するよ。士気が上がる戦果であってほしいが」

「はい。それで、例の通信手段ですが……」

「まずはこちらでやってみる。伝わることを祈るしかないな。科学的というか原始的というか、良くわからんのだが」

「そうですね。また、先ほどの攻撃で、防潜網の一部が破損したようです」

「わかった。状況を見て、必要且つ可能なら修復させる」

　電話を終えると、陳大佐は情報参謀の呉金福(ウージンフー)少佐に促され塹壕内を西へ、つまり海岸側へと移動した。

　遠くから悲鳴が聞こえてくる。砲撃のショックでおかしくなった兵士が泣きわめいているようだ。

シェル・ショックだ。

これについては、どうできるものでもない。殴って黙らせるか、ケタミンでも打って眠らせるしかない。

シェル・ショックは伝染(でんせん)する。それが心配だった。

途中で、若い二等兵が加わった。呉少佐が説明する。

「楊志明(ヤンヂーミン)二等兵です。美大を中退して、軍に入ったそうです」

「何度も言いますが少佐、中退ではなく休学です。学費が尽きたもので、生活費も稼ぎに海兵隊に入りました」

「なら、君をちゃんとキャンパスに戻さないとな。君は、スプレーアートというのか？　うまいのかね？」

「経験はありますが、他の連中に比べるととくにうまいわけではありません。自分は、絵より造形が専門です。３Ｄプリンターを使用します」

「それは面白そうだな」

砲撃が木々をなぎ倒した場所があった。地面は平らだが縦二メートル、横三メートルほどの空間がぽっかりできていた。

呉少佐はザックからスプレー缶を一本出した。赤い警戒色の紙が巻かれている。無地だが、一箇所だけ有毒であることを示す髑髏(どくろ)マークが描かれている。それを楊二等兵に手渡した。

「一辺を、必ず一〇センチの幅で描けということでした」

「これは、土の上でも大丈夫なのか？」

「本来は硬くて表面がなめらかな、コンクリや鉄板の上に書けということでしたが、敵のドローンの監視下でも使えるということです。そのため、土の上も想定しているんじゃないでしょうか？

鉄板の類は、無いこともないですが、ここに置くと目立つでしょう」

「頼りないな。まあ、アメリカ人に判読できなきゃ拙いわけだよな？」

「そういうことになりますね。この広さですから、たいしたことは書けませんが」

「よし、ではこうだ――」

大佐は、メモ帳を破り英単語を一つと、グリニッジ標準時での現在時刻を書いた。

〝ALIVE!（ワレ健在ナリ）〟

「楊君、これで頼むよ。これを、一辺一〇センチの幅で。まあ、二段は使えるな」

「わかりました。でも、こんなものを描いたら、中国軍のドローンでも見えるのでは？」

「それがな、見えないという話なんだ。この特殊塗料が見えるのはアメリカのドローンや、スパイ衛星だけらしい。何かの、それほど危険ではない放射性物質が入っているのだと説明を受けたような記憶はあるが」

楊二等兵は何度かイメージ訓練を行った後に、そのスプレー缶で地面に指定された字を書いた。全くの無色透明だ。そして、すぐに乾く。乾いた後も、やはり何の痕跡も残らない。

「後は、祈るか」

指揮所と呼べるほどでもない塹壕に戻ると、フロッグマンが一名戻ってきていた。キャンプ用の折り畳みシートに座って、スポーツ飲料をがぶ飲みしている。大佐を見ると、立ち上がろうとしてよろけた。

「無理をするな、座ったままでいい。蔡（ツァイ）大尉は、どうした？」

「離脱途中に、ヘリコプターから大量の手榴弾を投下され、その衝撃波にやられました。残念です……」

「そうか。それで、戦果の方は？」

　若いフロッグマンは、絞り出すように「大成功です」と言った。

「海岸一帯は火の海に包まれ、陸揚げされた武器弾薬類も九割は消失したものと思われます。陸揚げされた車両も、動けるものはいませんでした。防空ミサイルは派手に爆発し、しばらくは阿鼻叫喚の地獄でした。われわれの勝利です」

　彼は水中用のジンバル・カメラで撮影した動画を小さなモニターで見せてきた。

　波間から、パニックに陥るビーチが映されていた。途切れ途切れの三〇秒程の映像だったが、結果は明らかだ。

　陳大佐は、ガッツポーズを掲げたい衝動を抑えた。

「まるで戦争映画を観ているようだ。よくやった！　君たちの活躍が、必ず本国に届くように手配する。まずは休め」

「はい、隊長」

　任務を終えた安心感からか、フロッグマンはそこで気絶した。

「呉少佐、このデータが北側守備隊に届くようにしてくれ。それと、全員に見せる必要は無いが、下士官を少しずつ呼びこの映像を見せろ。士気が上がる。これで一日かそこらは持ち堪えられるだろう」

「はい。これは何というか、敵を叩きのめしたような高揚感をもたらしてくれますね！」

　その場にいた全員が自信に満ちあふれた表情をした。

　先ほどまでとは大違いだ。

　あとはこの奮闘が、一刻も早く、一時間でも早く本国に届くことを願うのみだった。

第三章　日月潭3号作戦

その朝、司馬はジョギング・スタイルでホテルを出た。

　街の北東部にある濱江(ビンジャン)市場へ買い出しに走り、顔なじみの店の店主と会話を楽しむ。その後、乾物(かんぶつ)の仕入れ状況を尋ね、横浜中華街への輸送手続きをして、また走ってホテルへと帰った。

　部屋でシャワーを浴びてスーツに着替えると、頼筱喬(ライシャオチャオ)の店に顔を出し、二日目の開店準備を手伝った。開店は十一時。自分は店主ではないし、お目付役を気取るつもりもなかったので、コックに二、三の指示を出して「じゃあ、あたしはこれで日本に帰るけど、頑張ってね」とチャオを励ましてからホテルに引き揚げた。

　彼女は、うまくやってのけるはずだ。筱喬の顔は、すでに中華料理屋の若女将としての自信に満ちている。

　ホテルでは珍しく支配人がフロアに出て、チェック・アウトする客の荷物を運んでいた。そして司馬を見つけると短く「客人がお待ちです。例の部屋にお通ししてあります」と囁いてきた。

　螺旋(らせん)階段から二階のボール・ルームに上がると、両開きの料理搬入口のドアを開いた。さらに奥に進むと、「掃除用具入れ」と書かれた古びたロッカーがある。司馬はそこを開けた。

ここには掃除用具は入っておらず、ただの壁があるのみ。だが、僅かに指を引っかける窪みがあって、そこから壁をスライドさせると秘密部屋のドアが開く。中は、スクリーンやホワイトボード付きの小会議室となっているのだ。

室内では数人の男たちがいて、王文雄(ワンウェンション)が全員分のコーヒーを淹れていた。

全員、私服姿だ。海兵隊カットの白人男性に、モスグリーンのTシャツ姿の男の方は、おそらく米陸軍グリーンベレーだろう。そして、去年長崎(ながさき)で秘密裏に会った台湾人もいた。

「あら、王(ワン)提督。確か、フミオさんとは遠縁でしたよね」

司馬は臆することなく、北京語で話しかけた。

「ああ、君らが古い知り合いだったなんて、はじめて聞いたよ。君たちの周囲じゃ、うっかり噂話もできんな」

一人背広姿の男――王志豪(チーハオ)退役海軍中将はボサボサの白髪でそうぼやいた。おそらく、慌てて出てきたのだろう。ネクタイも曲がっている。ここには、何かの記念写真を撮りにきたわけではなさそうだ。

彼は海兵隊の元司令官で、軍を退いてからだいぶ経つが未だに強い影響力をもつ。

昨年には民間人として来日し、非公式に水機団幹部が歓迎会を開いていた。公式にも非公式にも、日本版海兵隊が台湾軍海兵隊と交流をもつなどということとあり得ないからだ。

「紹介しよう、米海兵隊オブザーバーのジョージ・オブライエン中佐と、米陸軍グリーンベレーのオブザーバー、マーカス・グッドウィン中佐だ。それぞれ分隊規模のオブザーバーとともに駐留している。米軍が台湾軍の訓練指導に常駐しているというのは、まあ、公然の秘密というやつだな。

そういえば君は、大佐に昇進したんだって？」

「ええ、まあ。軍功が無くとも階級が上がるのがうちですから。もっとも階級が上がると給料も上げなきゃいけないため、昔みたいに誰でも中佐大佐になれるわけではありませんが。ところで今日は米軍ではなく、国防部とのお茶会ではなかったのかしら？」

司馬は文雄に尋ねた。

「ええ、自分はこれで失礼します。隣室で待ちますので」

文雄は司馬ではなく提督にそう告げた。

「構わんよ、ここにいろ」

「いいえ、自分は民間人で、いかなる機密取り扱い権限も有しておりません」

ここは、英語でそう話す。

「文雄、君が民間人だなんて、この二人は信じてはいないよ」

提督が英語で応じると、二人のアメリカ人は苦笑しながら頷いた。

「まあ、いなかったということにしましょう。そもそもこの会合自体、開かれていないものなのですからね」

グッドウィン中佐がそう許諾を出す。

ここで、テーブルに置かれていたオブライエン中佐のミリタリー仕様のごついスマホが震えた。電話だ。出ると「間に合ったか！」と口を開いた。

「それは、あったんだな？　では、それは例のアドレスへ暗号化して送ってくれ」

電話を切ると持参したノートパソコンをスクリーンに繋いだ。

司馬は文雄がコーヒーカップを置いた席に座った。並んでいる三人の正面の席だ。

「土門君は、元気にしているかね？　彼、ようやく将軍に出世したんだろう。特戦群の群長になるんだろうと思っていたんだが」

　提督が北京語で話しかけてくる。

「それ、揉めていまして。本人が現場を手放すのは嫌だと……」

「我が儘な奴だな。なら、どうして出世なんぞしたんだ」

「自分は陰の群長でいいと嘯(うそぶ)いているようですわ。放っておけばいいんです」

「彼を特戦群長に追い出して、君が例の部隊を率いるのが筋じゃないのか?」

「あたしも、もう若くはありません。所帯も大きくなりました。血の気が多い連中の面倒を見て老けていくなんて、真っ平です」

　スクリーンとPCを繋ぎ終わったオブライエン中佐が口を開いた。

「さて、では皆さん。申し訳無いが、ここからは英語で統一とすることでお願いします。――これからお見せする衛星写真は、民間会社の衛星で撮影されたものです。国家偵察局(NRO)は軍が必要とする際、いつでも秘密裏に写真を撮れるという契約を民間会社と交わしています。残念ながら軍は、台湾にいるわれわれとの間に、完璧に安全な交信ができる回線をもっていないので。解像度は自前のスパイ衛星と比較して、そう劣るものではありません。少なくとも、起こっていることはしっかりわかる」

　すかさず文雄が部屋の照明を消すと、一二〇インチのスクリーンにはモノクロの赤外線画像が映し出されているのが見えた。

　司馬は、思わず日本語で「あらまあ」と呟く。

　画像は、奇妙な形状をした孤島を囲むように艦船が点在しているものだった。そして島のあちこちには、まるでニキビのようにぽつぽつした窪みというか、穴が写っている。そこから黒煙が幾筋も上がっているのもわかった。

「これは一時間前に撮影された東沙諸島、東沙島の写真です。三〇分前には台湾総統府でも、同じ画像が提供されたはずですが」

「最新鋭のドック型揚陸艦二隻に、中華版イージス艦四隻、他に最新型の055タイプもいますね。これが旗艦でしょう。他にもフリゲイト、揚陸艦、輸送艦が総数二〇隻以上。偽装漁船も無数か」

「これ、海南急行よね？」と司馬が訊ねる。

「はい。はじまったのは一年前。最初はフリゲイト二隻でのスタートだった。海南島の三亜（サンア）軍港に入りただ引き返すだけだったが、徐々に参加艦艇も増えて、半年前の訓練ではついにドック型揚陸艦が参加した。しかも、海南島には接近したものの港に入らず、解放軍が埋め立てた南沙の岩礁地帯まで南下。上陸訓練を行い、また香港とここ東沙の中間点を航行して帰還する。ところが港には戻らず、また同じルートで南下し、今度は西沙諸島を威嚇（いかく）して帰っていった。これまで最長で二ヶ月間、洋上で過ごしている。遠洋航海能力を訓練しているものと思われていました。ドック型揚陸艦二隻の参加は、これで二回目のはずです」

「知ったのはいつ？」

「二時間前だ」と提督が答えた。

「わが国のコーストガードが、中国の武装漁船団の包囲にあいながらも二隻脱出を試みた。島の東側にいた巡視船も当然包囲されており、台湾本土が見える辺りまで偽装漁船の電波妨害を受け続けていたらしいのだが、電波妨害を仕掛けていた偽装漁船の一隻の調子が悪くなったらしい。妨害電波を発信できなくなり、その隙間になんとか艦隊の接近を報せてきた。すぐにこちらは空軍の戦闘機を発進させたが、現地に到着する寸前に米側から引き返せというメッセージが届き、戻させた」

「ええ、情けない話なのですが、われわれもその巡視船から第一報が入るまでは事態を知らなかった。あるゆる哨戒機や無人機が飛んでいない隙を突かれたのです。おそらく向こうは、それを詳しく調べてから決行時刻を調整したと思われます。今にして思えば、衛星用のＳバンドにまでこんなに強い電波妨害がかかったことは無かった」

「こんな大艦隊の接近に、本当に誰も気づかなかったというの？」

「場所が尖閣なら、自衛隊は気づきますか？」

「さあ、どうかしらね。それはうちの任務じゃないから」

「空母機動部隊を消し去るくらい、造作もないことです。彼らは、われわれの真似をしたのでしょう。未だに無線封止下で、あの辺りには武装漁船しかいないことになっています」

「航海レーダーくらいは使っているんでしょう」

「でも、みんな同じですよね。日本漁船、海上自衛隊の護衛艦、第七艦隊の軍艦、中国海軍も、使用している航海用レーダーは日本のあの一社の独占市場だ。なにせこれ以上に高性能で品質に優れ、かつ安価なレーダーは無いので。そのレーダー波を追いかけても、軍艦か漁船かの見分けはつかない」

「解放軍は、われわれが事前に睨んだ通り、東海岸から仕掛けてきたようだ。滑走路を無傷で手に入れたかったのだろうな。見ろ！　施設の周囲にある着弾痕の上に一二〇ミリＲＴの着弾痕ができている。味方は、反撃したんだ」

提督が興奮して身を乗り出した。

「そのようですね。戦闘車両多数が擱座して炎上しており、ビーチでは砂粒のような染みが見えますが、これは、明らかに兵士の遺体です。波打ち際にも擱座した上陸用舟艇。だいぶ手痛い反撃にあい、さらに艦砲射撃を喰らったのがこの島の西部の林、ということでしょう。波間に漂う物体も見えますが、これも明らかに兵士です」

「でもここ、要塞とは言わないまでも、結構な規模だったのね。テニスコートまである」

司馬が指差した二面のテニスコートには、砲撃で空いただろう穴が見えた。

「よく誤解されるのだが、ここらは軍の施設ではない。沿岸警備隊（コーストガード）、気象観測、海洋観測研究所の寄せ集めで、軍専用の建物ではないのです。あるのはせいぜい隊舎で、普段は物置代わりに使っていたはずだ。ただ、中国が何かやらかすことを見越して軍施設として利用するため、徐々に強化はしていたし、解放軍が東沙で演習すると宣言してからは、念のために民間人は全員退避させた。今は海兵隊員と、いたとしてもコーストガード数名程度だ」

「この海兵隊は、まだ組織的抵抗ができる状況だと考えていいのかしら」

提督が現在の島の状況を説明すると、司馬は海兵隊中佐に聞いた。

「はい。根拠は二つあります。ひとつは、敵の電波妨害はまだ継続していること。それはつまり、本国と連絡を取ろうとしている味方がどこかに潜み抵抗を続けているということです。そしてもう一つ」

オブライエン中佐が、届いたばかりのメールの添付ファイルを開いてスクリーンに表示させた。

「少し解像度は低いですが、ここに〝ALIVE!〟の文字とズールー・タイムでの時間と思われる数字が読み取れます。地面に直接描いたにしては、よく見えている。場所は、この辺りだそうですが」

中佐は写真を戻し、南側の海岸近くの一点を指差した。

「ここに、マッチ棒の先のような空白が写っています。ここに描いてありました」

「それ、解放軍にも見えているんじゃないの」

「いいえ、これは特殊な放射性物質を用いたスプレー塗料です。可視光カメラ、赤外線カメラでは見えません。その波長に対応した科学探査用の衛星やシステムでないと、見えないようになっています。東沙島と太平島の海兵隊に、特別に供与しました」

「では、少なくとも三時間前にはこれを描いた誰かが生き残っていたということね。塹壕を掘っていたというのは事実なの？」

「はい。この砲撃を喰らっても上から見えないのはさすがだ。われわれも、事細かく訓練した甲斐があった。半年前から準備しましたが、工事が進捗するたびに衛星やドローンを飛ばし、見えないことを確認しました。この作戦は――」

「〝玉山2号〟作戦だ」すかさず提督が正式な作戦名を言った。

「ええ、ニイタカヤマノボレの、玉山ですね」と中佐が応じるが、「え、何それ？」と司馬が首を捻る。

「まさか、ご存じないのですか？　ニイタカヤマノボレのニイタカヤマとは、当時、大日本帝国領で最高峰だった台湾の玉山――当時の〝新高山〟からとられたと聞きましたが」

「ああ！　どこかでそんな話を聞いたわ。あたしの中では、この山は生まれた時からずっと〝玉山〟だったから。それで、アメリカとしては何をやっているのかしら」

「まず、グアムを離陸して南沙諸島へと向かっていたMQ‐4C〝トライトン〟無人偵察機を向かわせたようです。間もなく現場上空に到達します。台湾空軍がハープーンを抱いたF‐16戦闘機での攻撃を仕掛けようとしていましたが、侵攻部隊の勢力が判明するまでひとまず止めさせました。ただ、われわれにそれをやるなと言う権限はありません」

「台湾としては？　どうするんですか」

「もちろん、叩き出すさ！　他にどうしろというのだね。悔し涙を流しながら教会や寺で祈るのか？」

提督が拳を握りしめて発言した。

「はあ……。あたしは台湾海軍のことはあまり知りませんが、ほとんどの艦艇が米海軍からのお下がりで、それも前世紀の冷戦時代の遺物ですよね。中華神盾まで抱える、今の中国海軍に立ち向かえるとは思えません」

「潜水艦も、あと戦闘機もあるぞ」

「勉強不足なので何とも言えません。お二人はどうなの？　アメリカ政府軍人の立場を離れ、ここでオブザーバーとして訓練や様々な作戦立案に携わった人間としては」

「〝玉山2号〟作戦は、良く練られた作戦です。元は、われわれの太平洋諸島での戦いを教訓としている。つまり、旧日本軍の塹壕戦がお手本です。あんな小さな島だが二、三日なら持ち堪えられるでしょう。空軍戦力をある程度使い水上艦隊を圧迫し、潜水艦の到着を待ち、水上艦艇の何隻かを撃沈して、敵が怯んだ隙に空挺を降ろして奪還。海兵隊としては、全く不可能ではないと判断します」

「……すまないのだが、ジョージ。グリーンベレーとしては、戦争の全体像を優先して考えるんだ」

今までずっと黙っていたグッドウィン中佐が、ここで口を開いた。

「解放軍の戦略目標は何だ？　これは作戦の全て

なのか、それとも単なるはじまりなのか？　台湾本土への上陸作戦が最終目的ではないにせよ、これは台湾軍の戦力を疲弊（ひへい）させるための陽動に過ぎず、本命は金門島攻略かもしれないし、尖閣かもしれない。確かに取り返すのが筋だが、敵の出方を見るというか、もう少し敵の戦略を探った方がいい。今優先すべきことは、戦力の温存だと思う。どうみても、台湾軍は不利だ」

「敵の戦略を探って時間を浪費するのは拙いぞ。国際世論は反発した後、沈黙し、忘却する。沸騰（ふっとう）した国民も、いずれ敗北主義に陥ることだろう。それこそ香港の二の舞だ。北京の狙いも、そのあたりなのではないか」

提督がそう言うと首を横に振る。

「だとしても、現実問題として台湾軍に戦力をここで使い切る提案はできない。米台間にいかなる軍事協定もない以上、米軍が直接前に出ての戦争はできない。今のアメリカ世論は、そういう状況にはない。そもそも、安保条約を結んでいる日本相手ですら、場所が尖閣なら米軍は出ませんよ」

「そこには同感だが、それは日本が自力で解決する戦力をもっているからだ。日本人は認めたがらないがね」

「率直な意見を言わせていただければ、提督。日本を口説いた方が早いでしょう。次は尖閣だから協力しろ、と」

「ちょっと、われわれだって二正面作戦は無理よ。尖閣を守りつつ東沙島奪還に戦力を出すなんて」

司馬が素早くこれを否定した。

「まあ、日本を台湾防衛戦に巻き込む算段はいくらでもある」

提督が硬い表情で言うと、司馬はよしてくださいと顔をしかめた。

「提督、亡霊（ぼうれい）を呼び覚ますのは止めてください。

厳に慎んでください！　せっかくの良好な日台関係を台無しにすることになる」

　司馬はここは北京語に切り替えて、珍しく厳しい口調で喋った。

「われわれは、一蓮托生だ」

「そこに同意したとしても、われわれは今日まで一緒に共産中国の横暴に忍耐してきたじゃないですか」

「その結果が、これだ。君の親父さんが元気なら、一瞬たりとて躊躇わなかっただろう」

「ええ、そうですね。でも、もう二一世紀です。中国は巨大になった。抗えないほどに。その武力で全世界を黙らせるほどにです。もし北京が、自分たちは東沙島を奪還しただけで軍事行動はこれで完了したと宣言したら、アメリカはそれを受け入れるでしょう。信用するかしないかは問題ではない。極東の無人島のために戦争ができないのは、尖閣も南シナ海も同じです」

「われわれは単独でも反撃する！　そのことに誰の許可も求めるつもりはない。事実が公になれば、世論は沸騰する。沸騰している間にやり抜くことになるだろう。国家総動員態勢で、一日で艦隊を出航させて三日目には敵前上陸をやってのけるぞ。たとえ、全ての戦力を失おうとな」

「日米の支援抜きでやることになりますが」

「君はすっかり日本に毒されたな。国防は、本来自力でやりぬくものだ」

　司馬は英語に切り替えて「もう十分――言いたいことは言いました。日本政府はいかなる軍事的協力要請にも応じないと申し上げました」と、二人のアメリカ人に告げた。

「これは、負け戦になります。それがわかっている以上、日本は協力しないでしょう」

「心配するな、諸君。私は全く案じてない。日本は協力するよ。まずは武器弾薬の秘密供与から頼むことになるだろうが――」

ここで司馬は、どうやら今日中の帰国は難しそうだと考えた。

険悪な気配をくみ取ったグッドウィン中佐が「またチャンスがあったら、こうして集まることにしましょう」と言い、いったんお開きとなる。

すぐに王文雄が「提督を車まで送ってきます」と志豪を連れて部屋を出ていった。

文雄が戻ってくるまでの一〇分近く、司馬は無言のまま座り込んでいた。

こういう日がこないことを、祈っていたのだ。

中国は豊かになり、領土的野心も覇権も捨てて、個人の欲望を追求する市場経済にどっぷり浸り、緩やかに民主化するものとばかり思っていたが、そうはならなかった。

何もかも目算が外れた。人類文明は、この全体主義国家に潰えようとしている。

文雄が戻ってくると「すみません」と真っ先に詫びてきた。

「あの世代は、言葉をオブラートに包むことを知りません。提督は、てっきりあなたが何か約束してくれるものと誤解していたようです」

「いいのよ。私は国を背負ってないけれど、提督はそうじゃない。逆の立場でなくてよかったと思っているわ」

「それで、あの亡霊って、何なのですか？」

「ああ。それは、言葉通りの亡霊よ。北京と国交回復して世界が台湾と断交していく中で、台湾の指導部は真剣に共産中国の台湾侵攻を恐れた。もしそうなった時、どうやって日本を台湾防衛に巻き込むかという計画がいろいろと策定されていたの。それこそ日本の総理大臣の暗殺とか、要人に台湾女性を嫁がせて人脈を作るとかいう荒唐無稽なアイディアが一杯あったわ。あたし自身も、その計画の一部だったのだけどね。何しろその頃は台湾との結びつきがまだ強く残っていて、台湾に協力する保守派も大勢いた。大陸との関係が落ち着いたここしばらくは、もう過去のものになったと思っていた。当時の計画を覚えている現役の軍人はいない。ああいう世代が、余計な知恵を授けない限りね。さて、やっぱりあたし、すぐに帰ったら拙いかしら」

「日本に、ですか？　陸海空、自衛隊のＯＢが台湾に来て色々指導していることは公然の秘密とはいえ、もちろん現役の軍人となるとあなたしかいません。自衛隊のオブザーバーが実は滞在していますというのは、政権の励みになるでしょうし」

「政府の許可がいるわ。それに、制服なんて持参してないわよ」

「それが必要な場面はありません。そういうことは、自分がなんとかしますから」

「政府の公表は、どうなるの？」

「おそらく、米大統領と日本国総理大臣と電話会談してからでしょう。居留守を使われなきゃいいんですけど」

「お店は、しばらく開店休業になるわね。航空便も止まるだろうし。部屋に引き揚げて、何本かメールを書くわ」

「僕は祈ってます。頼将軍みたいなスーパーマンが、まだうちの軍隊にいてくれることを。でないと、国民は戦死者の数に恐れおののいて、たかが小島の奪い合いで白旗を揚げる羽目になる。……昼食は僕がご用意しますね。お店に電話して、僕がテイクアウトしてきますから。食欲が無いなんて言わないでくださいよ」

「ありがとう、お願いするわね……」

司馬は、心ここにあらずだった。

台湾が絡むと、自分は必ず判断ミスを犯す。それが恐ろしかった。

何も決断せず、何ひとつアドバイスもせず、もちろん銃やバヨネットを装着することもなく、この紛争が片づいてくれることを祈るばかりだ。

何もかもを放り出して、地球の裏側――カリブ海辺りにでも逃げ出したい気分になっていた。

南海艦隊司令官の東暁寧（トンシィアオニン）海軍大将（上将）は、揚陸作業が一段落すると、指揮機能をドック型揚陸艦からタイプ055型駆逐艦の三番艦〝延安（イエンアン）〟（一三〇〇〇トン）へと移し、司令官旗をマストに掲げた。艦隊は相変わらず無線封止状態だったが、特に危険は感じない。

台湾の空軍基地周辺に潜ませたスパイから、空対艦ミサイルを抱いた戦闘機が離陸準備中だという情報が届いた時には緊張したが、無線封止を解除しようと決断する寸前に、離陸したが基地に引き返したという情報がもたらされた。

敵の勢力も不明なのに攻撃機を出撃させるのは馬鹿げていると東は思ったが、この奇襲攻撃でもまだまともな判断ができる人材がいるとしたら、それはそれで要注意だ。

そして台湾要所に配置したスパイから、各軍事基地が警戒態勢に入り非番の兵士に招集がかけられたという情報が陸続ともたらされたことで、作戦が露呈したことは明らかとなった。

東将軍は左手後方に島影を見る位置に進んだ旗艦〝延安〟の艦隊情報指揮所で、無線封止の解除を命じる。

「みんな、丸半日良く耐えてくれた！　本艦隊は、現在時刻をもって無線封止を解除する。艦長、対空レーダーの火を入れていいぞ」

タイコンデロガ級ミサイル巡洋艦を遥かに超え

る大きさをもつ本級は、今世紀に就役したイージス型軍艦としては最大の大きさを誇る。駆逐艦呼ばわりされているが、巡洋艦のカテゴリーに入っていたタイコンデロガより大きいのだ。西側のそれを真似た垂直発射基のセルは、艦の前方と後方に合計一一二セルももっている。

中華神盾として、最も新しい武器体系を装備していた。

同じ艦型の艦は四隻進水し、まだ四隻がドックで建造中だった。

従来の大型駆逐艦と比較して格段の能力向上を遂げたが、同時に高コスト艦でもある。西側軍事筋には、この最新版中華神盾が量産されることで中国海軍はコスト負担に耐えかね自滅するだろうという推測もあったが、そうはならないことを東将軍は知っていた。

このサイズの船は、まだ何十隻と建造する必要がある。そうでなければ、アメリカ海軍どころか第七艦隊とすら対峙できない。せいぜい日本を黙らせる程度だ。

レーダーに火が入り巨大なスクリーンが蘇ると、乗組員がほっと安堵のため息を漏らすのがわかった。

早速、目障りな目標を探知した。一五〇キロ東、洋上の高度二〇〇〇〇メートルの高さを飛んでいる航空機がいた。こんな高高度をこの速度で飛んでいる機体は、ひとつしかない。

米軍のグローバルホークか、その海軍版である〝トライトン〟だろう。

「おそらくはMQ－４C〝トライトン〟ですね。グアムを今朝方飛び立ち、本来なら南沙海域に向かっているはずでした。グアムからの情報と一致します」

艦隊参謀長の賀一智（ホヲイーチィ）海軍少将が説明した。

「レーダー波は、一切出してなかったんだな」

「はい。レーダーを発信していれば、とっくに気づいています。パッシブ・センサーのみで、こちらを探っています」

「さすがだな。あの距離から、赤外線なり光学レンズでこちらが見えているということだよね」

「でしょうな。いかがしましょう、迎撃できますが」

「それをやると、われわれは米国に対して宣戦布告したことになる。アメリカは、どう出ると思う?」

「たかが無人偵察機を撃墜された程度で、われわれと事を構える余裕は無いでしょう。型どおりの抗議を寄こして終わりだと思います」

「試してみるか?」と、東はニヤリと唇の端を上げた。

「司令官殿の性格で、それは無いと判断します」

「まあ、見せてやればいい。犠牲は払ったが、われわれは奇襲作戦に成功して島を占領しつつある。今更隠すものは何もない。だが、挨拶はしてやろう。レーダービームを浴びせてやれ」

「はい。どう出ますかね」

「私が指揮官なら、反応はしない。撃墜されても自分の責任ではないし、むしろこちらを試したくなるだろうね。上空通過を許すのか、それとも目障りだと判断して撃墜するか」

「真上でぐるぐると旋回し出したら、どうします」

「それはその時に考えるとしよう。攻撃準備の必要はない。ただ、照射するだけだ」

　フェイズド・アレイ・レーダーから、事実上のロックオンを意味する強いビームが照射された。だが五分、一〇分経ってもトライトンは針路を変えない。警告はしても撃墜する意思がこちらにないことを知っているからだ。

東提督は「放っておけ」と命じたが、幸いトライトン無人機は艦隊の上空を通過すると、大きく半周してグアム方向へと引き揚げていった。

おそらく次は、ステルス無人機が出てくることだろう。航続距離も短くより小型だが、レーダーには映らない。赤外線でも見えにくいステルス無人機を投入し、二四時間の監視を開始するはずだ。

今のは、ほんの挨拶なのだろう。

島では、まだ施設周辺が燃えていた。だが、上陸部隊の立て直しは着実に進んでいる。

ほぼ無傷の部隊同士で一個大隊を編成し、橋頭堡を確保。前進するための横のラインを構築し、新たな上陸地点を定めて滑走路東端に無傷での上陸を達成した。

あとは、敵の残存兵力を追い詰めて投降させるのみだ。それは陸戦隊の仕事だ。

我らは、台湾軍の相手をするだけである。

これ以降は、沿岸部から出撃してくる戦闘機部隊の支援も得られる。

第一関門は確実に突破した。

奪ったものを守り通すことの困難さはわかっている。

驕(おご)らず謙虚に、自らを過信することなく備えることが重要だ。


台湾中部東海岸――。

その昔、日本が花蓮(ファリエン)港北飛行場として開いた空港は、今では軍民両用空港として賑わっている。

第5戦術戦闘航空団を指揮する李彦(リーイエン)空軍少将は、自分の部屋に第17飛行中隊を率いる劉建宏(リウジエンホン)空軍中佐を招き入れた。

部屋の外は騒然としていた。非常招集を呼びかけるサイレン音は消えたが、皆がパニックになっている感じだ。ドタドタと走り回る音が耳障りだ。

「航空団参謀は、どちらに？」

「ああ、今、彼は君の飛行隊で武装の命令を出しに行かせている。あいつはエリートだ、空軍参謀長までのぼり詰めるだろう。だから、良からぬ作戦に加わらせるわけにはいかんのだ。私にはそんな資質は無いし、君は飛行隊長として断れなかったことにすれば経歴に傷はつかない。……そう思うが、どうだ？」

「いや、それは問題の性質によりますが……」

　中佐は困った顔をして答えた。

　李少将は座ったままで、自分のデスクの鍵のかかった引き出しを開けた。

「君は〝赤本〟を読んだことはあるか？」

　赤い表紙をちらりと見せる。

「ちょっ、ちょっと待ってください！　自分には、それを読む権限はありません。それを読んでいい階級まで辿り着けるかどうかもわかりませんし。できれば、読まずにお話できませんか？」

「まあ、そうだな。実際、こんな物騒な代物を読んでいる暇もない。それに、書かれたのは俺が軍に入る遥か前のはずだし。――さて、今回の問題はスピードだ。間もなく那覇からE－2C早期警戒機が飛び立つ。日本のな。まっすぐ釣魚台へと向かうだろう。だからプロペラ機とはいえ、あれが到着する前にやり遂げなきゃならん。〝日月潭（リーユエタン）作戦〟というのを、聞いたことはあるか」

「湖の、日月潭のことでしょうか」

　それは台湾最大の湖の名だ。風光明媚（ふうこうめいび）な観光地で、日本が作った。ダム湖ではないとされるが、事実上の人造湖だ。

「そうだ。これはな、日本を日月潭に沈めるという意味の、まあ、黒い作戦だな。真っ黒い腹黒作戦だ。今となっては、合理性も無い妄想のような作戦でもある。先人は、この事態に備えていた。状況の変化に修正を加えつつな」

　李少将は椅子から立ち上がると、壁に貼られた航空地図の前に立った。

「いいか、釣魚台はここ。そしていわゆる海警艦は、いつもこの辺り――日本が接続水域と呼ぶこの辺りを遊弋（ゆうよく）している。問題は何だと思うかね」

「……もしかして、自分にそれをやれと仰るのですか」

「察しがいいな、君は」

「将軍は、どこまで本気でどこまで冗談を仰っているのですか。日本の巡視船も、ぴたりと張りついていています。誤射の危険もあります」

「その通りだ。だから可能な限り接近して、レーダーではなく目視でターゲットを確認。そして空対艦ミサイルでなくテレビ誘導のマーベリックで狙う必要がある。それだけではない。最近、航空自衛隊は解放軍の接近に備え、常時二機のイーグル戦闘機を洋上待機させている。おそらく、この辺りだな。釣魚台から一〇〇キロ――一五〇キロ東の洋上だろう。ぎりぎりまで彼らに気づかれちゃならん」

「しかし、そもそもここからだと、離陸した途端に日本のレーダーサイトに映りますが」

「だから彼らを誤認させるんだ。離陸したらいったん本島を横断し、西側の新竹南寮（シンジューナンリャオ）飛行場へとコースをとれ。日本側には、いかにも台湾海峡の増援に離陸した部隊だと映るだろう。今度は逆に大陸側からも見えるわけだが、それは気にしても仕方無い。それで北へと抜けたら、超低空で日本と大陸のレーダーを躱し釣魚台に接近。マーベリックを撃ち込んで再び超低空で離脱する」

「イーグル戦闘機が追いかけてきたら――」

「まあ、撃ちはせんだろう。こちらから仕掛けない限りな。それに、F－16は彼らにとっては友軍だ」

「こんな無茶な作戦を、訓練もなしにやり抜けと仰るのですか？」

「ああ。つまりこういうことだ。夜の繁華街で、ギャングの撃ち合いがはじまったとする。こちらは武器は持っているが、手数で負けていた。撃った奴に撃ち返したら、こちらはたちまち全滅する。ならどうするか？　無差別発砲して騒ぎを大きくする。つまりは警察を呼ぶわけだ。〝日月潭作戦〟とは、そういう主旨で考案された。この椅子に座る指揮官は、この赤本を引き継ぐたびに、こんなものは亡霊だと馬鹿にしていたんだがな。……困難な任務だ。軍法的にも問題無い。われわれはすでに交戦状態であるからな。しかし、この任務の困難さを考えると、私は君に命令を拒否する権限を与える。ここにはまだ第26、27飛行中隊がいる。君との会話で五分使った。今にも那覇基地ではE－2Cがエンジンを始動し、護衛の戦闘機も離陸準備しているかもしれんが――」

「問題ありません。自分がやります！」

中佐は姿勢を正し、正面を見据えてそう言った。

「助かった！　君の部隊が、ベストだったんだ。機体の状態、パイロットの技量、どれをとってもな。付近に展開している海警艦は五隻、日本の巡視船は八隻いるそうだ。間違うなよ。巡視船の船体には青いラインが入っている。海警艦は赤だ。細い青に挟まれた赤！　どちらも船体は白く塗ってある」

「はい、事前に確認します。もし敵の軍艦がいた場合は、どう対処しましょう」

「その可能性はあるが、おそらくは旧式艦だ。ハープーンを抱いた戦闘機を二機、護衛につけろ。つまり大所帯になる。マーベリックの攻撃部隊六機に、ハープーンの二機。君の部隊で稼働している全機を出すことになる。敵の軍艦を発見した場合は、そちらを先に片づけるんだ。海警艦は無視して構わん。現状では、軍艦がいるという情報は無い。——以上だ。君が報復作戦の先鋒となる。そして時間は無い！　現場海域は、あっという間に日本の戦闘機や早期警戒機で溢れかえる。その前にやらなきゃならんのだ！」

その言葉を聞いた中佐は、ドアを叩くように開けると外へ駆け出していった。

その姿を見送る李少将は、黴が生えたようなこの作戦が成功することを祈るしかなかった。

日本もアメリカも、もちろん昔より装備は良くなった。だがそれ以上に解放軍は巨大になった。そして、日米の腰は引けている。

どこまで巻き込めるかは、未知数だ。

まして、北京の反応など——。

〝日月潭3号作戦〟の実行を命じられた劉中佐は、ブリーフィング・ルームに入ると、ただちにパイロットを選抜した。

皆、携帯が通じないと騒いでいる。スパイ活動を封じるため、空港周辺の携帯電波を落としてあるのだ。もっとも、固定電話があるのだが、一時的に大陸との固定回線も不通になっているはず。だがスパイも当然、代替手段を探しているのだろう。

パイロットには、日本の巡視船と海警艦の違いを徹底させた。艦船識別表にカラーイラストが載っている。見分けるのは難しいものではないが、それは真横から船体を確認できればの話だ。

真後ろや正面からでは、どちらの船かまず判別できない。その場合は、識別できる位置関係に旋回するよう命じる。

日本の巡視船の方が多いので、決して見間違うなときつく言った。

そして一番困難なのは、レーダーを回避するための低空飛行だ。最低でも三〇分は海面を這うように飛ばねばならない。

現在、海面状況は良好で波も無い。だが、この波が無いというのがくせ者だった。水平感覚を喪失させる原因となる。

自動操縦の助けをある程度借りられるとはいえ、おそらく皆、手動操縦で飛びたがるはずだ。

「いいか、みんな！　高度一〇〇フィート以下を三〇分は飛ばなきゃならん。台湾本島を越えた時点で大陸のレーダーに映り、向こうはスクランブルを仕掛てくるだろうが、これは味方の他部隊機が対処してくれる。われわれは台北のどこかの基地に降りるふりをして海面ぎりぎりへと降りる。そこからは、二〇〇キロ以上を日本と大陸のレーダーを誤魔化して飛ぶ」

それに対し、若いパイロットが質問してきた。

「当然、最後は近くにいる日本のイーグル戦闘機に発見され警告を受けると思いますが」

「その場合は、まずロックオンをかけて退去を警告する。それで退かなければ、攻撃するしかない。ただ向こうは、こちらにぴたりとついても攻撃はしないだろう。日本側も、状況は把握しているはずだ。しかし現場のパイロットレベルで、われわれの意図を汲んでくれるわけではない。某かの混乱や想定外の事態は起こるものだと思ってくれ。では全員、搭乗。出撃する！」

第26、27飛行中隊からも、途中まで護衛に出る戦闘機が出撃した。大陸側は、おそらく部隊の配置換えだと錯覚するだろう。いや、ミサイルを抱えての配置換えだと勘違いしてくれることを今は願うだけだ。

晴れた台湾本島を横断すると、新竹南寮へ向けて高度を落とす。攻撃部隊はそこから一気に海面近くまで降り、大陸のレーダーからも味方の陸上レーダーからも姿を消した。

ここからは集中が必要だ。

洋上にはまだ事情を知らない貨物船やコンテナ船が大陸間を往来している。

もし大陸と本格的な戦争に発展したとしたら、台湾経済はどうなるのだろうと劉中佐は考えた。

なんだかんだ言っても、大陸との商取引があっての台湾経済だ。パンデミックが発生したとしても、マスク一つでも大陸に頭を下げ、向こうの言い値で買うしかない。

台北市を過ぎると、東へと大きく針路をとった。台湾本島から六〇キロ離れた彭佳嶼（ポンジャーユー）が視界に入ってくる。ここが最後のウエイポイントだ。

釣魚台を除けば、台湾最北の島で、それなりの大きさはあるが人間が居住できる環境では無い。今は、軍の警備隊が常駐しているだけだった。

彭佳嶼を過ぎると、ほぼ真東に釣魚台がある。ここから一四〇キロで、すでに航空自衛隊イーグル戦闘機のレーダー波を受信していた。

こちらが映っているかどうかは、微妙なところだろう。

すでに日本側が主張する防空識別圏（ADIZ）に入っている。攻撃は領空外からも可能だ。

だが最近、海警艦は構わず日本側が主張する領海侵犯をやらかしている。その場合は、こちらも躊躇せずに突っ込むしかない。

釣魚台に五〇キロまで接近したところで無線封止を解除した。水面に映る反応は、ほぼ全て日本の巡視船と海警艦だ。

船の針路がわかれば、どれがどれかはだいたいわかる。前にいるのが海警艦で、その背後にぴたりと張り付いているのが巡視船だ。

劉中佐は、おおよその攻撃目標を割り振った。

残念ながら、軍用レーダーの受信はない。つまり、敵の軍艦は展開していないということだ。

イーグル戦闘機二機編隊がコースを真っ直ぐにとり、こちらに向かってくる。領空までは、ほんの二分だ。

おそらくこちらの背後に回り、横に並ぼうとするだろう。それから領空侵犯警告として呼びかけてくる。だが、その頃にはもう攻撃を終えているはずだった。

増槽をリリースし、高度を上げはじめる。機体が一気に軽くなった。高度を五〇〇フィートほどに上げれば、海警艦がよく見える。だが、大陸からのレーダーにも自分たちが見えるかもしれない。

味方機が攻撃を開始した。編隊長機である劉中佐は、僚機とともに一番奥にいる海警艦を狙った。

二隻の海警艦が、すでに釣魚台の領海に入っている。

釣魚台東二二キロにある久場島へ進んでいた。この島は緑豊かで平坦な島で、かつては米軍が射爆場として使っていた。

その二隻の海警艦を、四隻の巡視艇が追いかける。これは、難しい攻撃だ。ほとんど、ぴたりと張りついている。

マーベリックのＪタイプは、最新型とは言わないまでも、比較的新しいシーカーだ。これが精確に目標を選別してくれることを祈るしかない。

巡視船と海警艦は、外観上の差はほとんどない。良好な視界を得るため、いったん南へと旋回して海警艦の右舷真横から接近することにした。目標がどんどん大きくなる。その頃には、イーグル戦闘機がケツにつこうとしていた。

ターゲットを選択し、主翼にぶら下げた四発の

マーベリックのうち二発を発射した。

もしこれが日本の巡視船に命中したら、どうなるのだろうと一瞬だけ考えた。

そうなったら、日本は堂々と大陸側につくのではなかろうか——?

これは、際どい作戦だ。

海警艦に動きは無かった。彼らは、巡視船を弄ぶことで忙しいようだ。

二発のミサイルは、それぞれ船体と艦橋下に命中し、外壁を貫通した上で船内で爆発した。

これがマーベリック・ミサイルの恐ろしいところだ。小型で弾頭威力も知れているが、内側で爆発した時の威力は侮れない。

一瞬、船体が膨らんだように見えた。その後、海警艦の上部構造部が爆発する。その衝撃波は、ほんの一〇〇メートルしか離れていないところを併走していた巡視船の船体をも激しく叩いた。

操縦桿を倒して急旋回すると、イーグル戦闘機はまだぴたりとついてくる。

劉中佐は横に並ぶと、敬礼した後、手を振ってただちに領空から退避した。

その後、首を回して周囲を確認する。釣魚台周辺に展開していた海警艦五隻は炎上、もしくはすでに沈没しかけている。幸い、日本側巡視船への誤射はなさそうだ。

ほっとした。作戦は成功したのだ。この攻撃が巻き起こす波紋がどれほどなのかは、中佐にはわからなかったが。

領空を出ると、空自戦闘機の追跡はそれ以上なかった。

航空自衛隊那覇基地の出撃に、先んじることができたことが、成功の鍵になったのだ。

——それから一時間後。

北京では日本大使が呼び出され、東京では中国大使が外務省を訪れて厳重な抗議と報復を匂わせるメッセージが発せられた。

その内容は「日本側は台湾による攻撃をわざと黙認し、海警艦五隻の攻撃を支援した。われわれはただちに救援の艦艇を現場海域に派遣するが、それを妨害するいかなる行為にも断固とした態度で挑むことになるだろう」というものだった。

〝日月潭３号作戦〟は、一分の破綻もなく見事に成功した。

何の下準備も訓練も無いままの、奇跡的な大勝利と言えた。しかも損失はゼロだ。

基地に帰還した劉中佐は、英雄として出迎えられたが、〝日月潭1号〟や、〝日月潭5号〟作戦が存在するのかは、今は考えたくも無かった。

殺した人数で言えば、台湾は中国側の倍の兵士を殺戮したのだ。

東沙島は奪われつつあったが、戦いは互角のようにも見えた。

僅か半日で、台湾は挽回しつつある。

台湾は国際社会では孤立しているが、戦い方は心得ているのだ――。

第四章　ヘブン・オン・アース

　豪華客船〝ヘブン・オン・アース〟（一三〇〇〇〇トン）のコンベンションホールでは、午後のセミナーがはじまったばかりだった。この後、ホールでのクラシック演奏会が予定されていたため、出席者は正装姿が多い。

　そのセミナーが奇妙なのは、出席者の七割が、もういつお迎えがきてもおかしくない世代の男性で、残る三割は三〇代前半にしか見えない年齢だったことだ。上着を脱いでタイを緩めてメモをとっている老人や、軍服姿の者も多い。

　司会をつとめるオーストラリア代表団の若い外交官がスピーチした後、クイーンズランド大学の名誉教授が「中国一国支配下に於ける南太平洋諸国の取るべきアプローチ」というタイトルで、基調報告をはじめた。

　コンベンションホールは、コの字型に長卓と椅子が設置され、椅子の背後には、発言予定のない者たちが座るミニ・テーブルつきのパイプ椅子が三列ほど広げられている。

　ここには、台湾を除く太平洋沿岸部の国々から招かれた退役軍人や外交筋の官僚、そして若い学者たちが陣取っている。

　日本側は、例によって目立たぬようステージから一番遠い場所に座っていた。ステージからは、

Heaven the Earth

三〇メートルは離れている。

長卓の後ろに作られた椅子には、六人の日本人がいた。最前列でテーブルにつく若い外交官は熱心にメモを取っていたが、その後ろの老人たちは半分寝ていた。白い海自の制服を着た老人も見えた。階級章もついている。まだ制服の取り扱いが緩やかだった頃の名残りだろう。

「一三万トンもある空母を超える大型船の中央に、こういう天井の高いコンベンションホールや、傾斜のついた劇場があるなんて、船乗りとしてはぞっとするよ。一度浸水がはじまったら、あっという間にひっくり返るじゃないか。設計者の良心を疑うね。こんな船を作る連中なんてさ……」

最後列で腕組みしていたネイビーの老人は、隣のアロハ・シャツ姿の老人にぶつぶつと愚痴をこぼし続けていた。

終了後のコンサートに出席しない何人かは、こういうラフなスタイルをしている。アロハシャツというスタイルを変えようとしない人間が、ここだけで五人はいた。

「おたくは海軍大将だから、海側の部屋でしょう？　私は一佐で終わったから、カーテンを開けてもしけた中庭しか見えない。精神衛生的には、こういう高い天井と広い部屋は必要なんじゃないんですか。本当にあの部屋は気が滅入りますな。この歳になって、蟹工船に乗せられた気分になる」

「船旅はいいもんだぞ。ビュッフェはタダで、頼めばいつでも熱いコーヒーを持ってきてくれる。護衛艦の艦長にでもならなきゃ、トイレつきの個室なんて夢だな」

「あいにくとわれわれは富士山の裾野で、仮設便所の隣の地べたで寝泊まりしてたんでね。そういう贅沢は考えもしない」

「あんたも女房を連れてくりゃよかったんだよ。航海と異動で、女房には迷惑ばかりかけたんだ。俺んところは、せめて定年退職後は二人の時間を作ろうと思った矢先に、癌が発覚してさ……」

「再婚すりゃいいんじゃないか」

「再婚？　冗談じゃない！　結婚なんて生き地獄、一度で十分だ」

アロハシャツ姿の老人が、フフっと笑う。

皆眠たそうな顔をしていた。昨夜は夕食の後にロシアの最新映画の上映があったのだが、その拷問の後に、ロシア代表団から「この感動の余韻をぜひ皆で分かち合いたい！」と言われてバーへと繰り出す羽目になったのだ。

結局、自室に引き揚げられたのは深夜になってからだ。

一方、中国の代表団だけは熱心にメモをとっていた。一言も聞き漏らすまいと、軽いジョークにも笑顔一つ見せない。

ステージの袖に座ってスピーチを聞いていたアメリカ人の女性もいた。ジョージタウン大学の国際政治学のシェリル・チェン教授だった。政府とキャンパスを往き来しているやり手の学者で、彼女の発言は、事実上、国務省の意見を反映していると言われていた。この集まりは、彼女の発案によるというのがもっぱらの噂だ。

途中、国務省の若い外交官が彼女に近づき何事かを耳打ちすると、彼女は壇上に上がり「ちょっと失礼」とスピーチを中断させた。そして、傍らに置かれていた五〇インチのテレビを点けた。

最初は船内案内のチャンネルが映ったが、すぐCNNに切り替えられる。

フラッシュ・ニュースが流れてた。キャスターの背後に、モノクロの静止画が映し出されている。

その画に、どよめきが漏れた。いっぺんに眠気が吹き飛ぶニュースが流れていたのだ。

「おそらく、デジタル・グローブ社の衛星写真だね。あそこまで見えるのか……」

キャスターが「プラタス・アイランド」と、繰り返している。

「東沙島(プラタス)か。ついにやらかしたのか！ われわれがここに集ったのは無意味だったな」

「あるいは、関係国を欺く(あざむく)ための時間稼ぎだったかだ」

ステージに一番近い場所に陣取っていた中国の代表団が無言のまま立ち上がり、硬い表情のまま部屋を出ていった。アメリカの代表団は皆一箇所に固まってひそひそ話をはじめる。

「われわれも、いったんお開きにしよう。外務省は、それでいいかな？」

「はい。三〇分後に代表の部屋に集合ということでお願いします」


二〇分後、外務省の使い走りが各部屋を回り、後部デッキの小部屋に向かうようデッキと部屋番号が書かれたメモを手渡してきた。そこは中国代表団の部屋から最も遠い場所だ。

米側代表団も全員がそこに集まり、CNNに見入っている。

「台湾はそもそも呼んでいないから来ないにしても、韓国の代表団を招かないのは拙くないかね」

そう言ったのは、日本側代表団を率いる佐伯昌明(さえきまさあき)元海上幕僚長だ。アメリカ側を束ねるチェン教授に「彼ら、無視すると根にもつぞ」と声をかける。

「わかっています。ただこれは、日本に深く関わることですので。あとで韓国側には私から説明します。もう本国とは連絡をとりました？」

「まさか。われわれの通信手段は洋上では繋がらないし、国際電話はしばらく塞がっていたようだが？　そもそも、もう引退した身だ。外務省の若手諸君を除いてはな」

「まあ、先にかけてください。一応お断りしますが、中国側代表団がこの件に関与している事実は一切ありません。彼らにとっても、寝耳に水だったことでしょう。さきほど台湾総統府が声明を出して、日米両政府と電話協議をもったことを公表しました。日米首脳は、その前に電話会談を行い、互いに意見を擦り合わせて穏便な声明を出しました。『このように武力に訴えた現状変更は決して受け入れられるものではなく、事態が平和裡に解決し、原状回復することを強く望む』と。無難なものでしょう」

上座に座るチェン教授は、老眼鏡をずらしながらメモを読み上げた。

「それで、衛星写真を見ていただければわかるように、台湾の守備隊はそれなりに反撃し、戦果も上げたようです。ですが、ニュースになっていない戦場もあります。台湾空軍の戦闘機部隊が、尖閣諸島で示威行動していた海警艦五隻を攻撃し、撃沈しました。一部は日本領海内でのことです。情報では、沈没した船、ひっくり返った船、横倒しになったまま浮かんでいる船などいろいろのようですが、おそらく三〇〇名前後が死亡したものと海軍は推定しています。中国政府は、日本政府はこの攻撃を知っていて黙認したと抗議したそうです。ところでこの軍事作戦は〝レッドブック〟なる作戦計画書に基づくもので、以前から台湾軍が温めていた計画だとのことですね。その〝レッドブック〟に関わった人物がここにいらっしゃると聞きましたが」

「それは少し誇張が入っている」

日本側代表団の中でアロハシャツを着ていた老人が、よく通る声でそれを否定した。

「台湾では〝レッドブック〟と呼ばれているらしいが、正式な作戦名は〝日月潭（リーユエタン）作戦〟だ。命名したのは日本人。作られたのは、確か一九七〇年代後半だった。当時の台湾は、国際社会で孤立化して焦っていた。日本の総理大臣を誘拐するとか、警備が手薄な私邸を襲撃し大陸人に見せかけて家族を皆殺しにする、なんて物騒なのもあった。つまり、どれをとっても荒唐無稽なものだ」

「しかし、この作戦は見事に成功したようですが」

「尖閣が日中間で問題化するのは、ここ十数年の話だ。つまり、その〝赤本〟に、私は関与していない。最近立案された作戦だろう」

「では、オトナシ大佐――この作戦に日本側は一切関与していないと考えてよろしいですね？」

「当たり前だ。日本には、寝た子は起こすなという格言がある。そりゃ尖閣問題は泣きわめく赤子に近いが、日本には政府自らが厄介事に飛び込む余裕など無い。だがあんたたちがそう疑うことこそ、この〝赤本〟の狙いだとも言える。中国は、もっと疑心暗鬼になるだろうな。日本が攻撃をわざと黙認したというのは、北京の本音かもしれないぞ」

「中国は、宣言した通りに軍艦を派遣してきますか」

「それは私の専門じゃないぞ」と、アロハシャツの男――音無誠次（おとなしせいじ）元一佐は、海自の提督に発言を譲った。

「ああ、要は今の中国海軍に二正面作戦できる力があるかという話になる。東沙の侵攻作戦に、例の空母は参加しているの？」

　佐伯元海上幕僚長は、自分のカウンターパートとして乗り込んでいるアメリカ側代表団のクリストファー・バード元海軍少将に尋ねる。

「いえ。確認しましたが空母はいないようです。ドック型揚陸艦や中華版イージス艦が主力でした」

「微妙だな。いずれも大陸沿岸部だ。やろうと思えばできんことはないだろうが。そこまでの冒険をするには、もう少し成功体験を身につける必要がある。たとえば東沙島の占領を短期で完了するとか。こういう時、大国はバック・チャンネルで通告してくるものじゃないのかね？　これ以上の拡大は無いから、しばらく黙っていてくれとか」

「今回に関しては、まだ無いようです。国務省に対しても、ホワイトハウスに対しても。なのでこれが終わりではなく、はじまりだという可能性はあります。北京の狙いは、何だと思いますか？」

「香港で味を占めたことは間違いない。あれは、北京の指導部にとって大きな成功体験になったはずだ。それで自信を深めて、世界がコロナの後始末に追われて混乱している最中にもう一歩前進すべきだと考えても不思議ではない。西沙諸島ひとつなら、大平島ひとつなら、無人の尖閣くらいなら自衛官は血を流せないだろう――。彼らは、その手の敗北主義につけ込む術を熟知している。中国の代表団は、どうするんだろうね。当然船から降ろせと言ってくるだろうが」

「私が説得して、ここに留まってもらいます。そもそも、こういう時のための信頼醸成措置であって、この集まりの目的なのです。ここで何か問題が解決するわけではありませんが、その可能性があるなら、踏みとどまるべきだと思います。そちらはどう判断しますか？」

「まあ、金を出した日本政府の立場もある。ここで解散は良くないだろうね。北京としては、この会合を煙たく思うなら降りろという話になるが、日本もアメリカも、中国側を招待するためにだいぶ無理を聞いた。そこは評価してもらわないと」

「同意していただけて、感謝します」

「それで教授、今のうちに聞いておきたいのだが、アメリカとしてはどうするんです？　グアムからは三〇〇〇キロ、沖縄からも一二〇〇キロだ。空母機動部隊は近くにはいないだろう。台湾は、当然基地くらいは貸すだろうし、ステルス爆撃機を使えば東沙島の解放軍を爆撃することも可能だ。だが中国は、アメリカの出方を研究し尽くしてから行動に出たはず。――その〝赤本〟では、米軍を巻き込む作戦は研究しなかったの？」

佐伯は最後の部分は、音無に聞いた。

「しましたよ。特に在沖米軍を巻き込む研究をね。ところが在沖米軍もすっかり縮小されて、たとえば解放軍に見せかけて撃沈する艦艇もいない。実行は難しいでしょうな。それに、台湾としてはそんな小細工をするよりも、米国世論にストレートに訴えた方が有利に事を運べると考えるはずだ」

「もし東沙島に介入して、艦隊への攻撃とか、地上部隊の爆撃を行うとしたら、中国は黙って引っ込むかしら？」

「その場合、報復はまず尖閣にくる。それから沖縄だ。嘉手納基地への弾道弾攻撃とか、南西諸島への爆撃とかだな。つまりアメリカが、台湾に味方して戦争をはじめるとなると、その報復に必ず日本が巻き込まれる。その〝日月潭作戦〟に一つ盲点があるとすれば、日本は一時的にせよ尖閣の防衛を放棄することができるんだが」

音無が早々に「それはありえない」と否定した。

「もし救助を名目に中国艦隊がやってきて海保の巡視船が少しでも下がったら、奴らは間違いなく魚釣島に上陸して居座る。その後、どうします？」

「あの島に値打ちは無いよね。大陸から出漁するにはコスト高だし、南西諸島がある限り、中国海軍は相変わらず自由に太平洋に出られるわけでもない。島の防衛には金がかかって、日本の防衛予算を増やすだけだ。あんただって、あんな無人島ひとつに陸兵の命を犠牲にする価値など無いと思っているくせに。普段、そう言っているじゃないかね?」

「敗北主義に陥るはずの国民が、血迷って奪還を要求した時に犠牲を払うのは、海自じゃなく陸自だ。あの島が陸兵の命を懸けてまで守る価値は無いというのと、だから差し出しても構わないという意見は両立しない。守れるものは守るしかない」

二人の日本人は後半を日本語にして激しくやり合った。チェン教授が呆気にとられた顔で「ええと、それで」と割って入る。

「それでなのですが、明日の朝にも、中国海軍が救助の名目で尖閣諸島沖に現れたらどうしますか」

「まずは台湾空軍が仕掛けるでしょう。問題は、解放軍はどの艦船を仕立ててくるかです。中華神盾艦が含まれるようなら手出しできないかもしれないが、その場合は海中からの魚雷攻撃ができる。台湾にしてみれば、奇襲攻撃を受けて迂闊に接近できない東沙の仇(あだ)を尖閣で討てる。彼らは全力で迎え撃つでしょう。うちは、駄目ですな。今夕、艦隊を仕立てて呉(くれ)や佐世保から出たとしても、到着は明日の夕方以降だ。横須賀(よこすか)の艦隊の到着を待つとしたら二日かかる。海保で対応できないことを考えれば、安全のためにも巡視船は後退させるしかない。中国海軍は、台湾軍と交戦して犠牲を払いつつも魚釣島に辿り着き、めでたく陸兵を上げることになるでしょう。――しかし、本当の問題はここからだ。われわれ軍人は日米安保の何たるかを知っている。日本が盾で米軍が矛だと言うことを。しかし、日本国民はそうじゃない。政治家を含め、日米安保とはアメリカが日本を守ってくれる条約だと信じている。だから自衛隊が駆けつける前に、在日米軍がそのスーパー・パワーで中国艦隊を黙らせてくれるだろうと盲信しているんだ。さて、それならアメリカはどうしますか？　解放軍兵士が魚釣島に上陸した途端に、この問題は実はアメリカの世界戦略にリンクされる。下手をすると、日米の同盟関係に罅が入りかねない。そしてそれは、北京が狙っていることでもある。アメリカ軍が助けてくれると信じていた日本国民は、アメリカの裏切りにあったと誤解し、アメリカへの信頼を捨てるのです。それは中国への服従を意味する」

「ああ……。なるほど、提督。私も尖閣問題は全く考えたことがなかったわけではないけれど、その視点はもったことはなかったわ。たいへん参考になりました」

「覇権が交代するというのは、そういうことです。中国が尖閣に出てくるとしたら、そこまで見通した上で出てくる。この世に未来永劫続くものは何も無い。われわれにとって、日米同盟は空気や地面のようなものだ。それが無い世界など考えることはできない。だがそんなものは所詮インテリの幻想に過ぎない。今の分断したアメリカ社会、色褪せたハリウッド文化、低下する購買力の前に昇龍中国が現れ、こっちに来いと強引に迫ってくる。日本はもう昨日までの輝ける国ではない。ただの老人大国です。中国の言うことを聞いて中華経済圏の中で、繁栄の夢よもう一度！　と叫ぶ政治家が必ず出てくる。アメリカは、日本を引き留めることはできないでしょう。その価値があると思うなら、自衛隊より前に出て尖閣を守るしかない。尊大な物言いになって申し訳無いが、戦略、国際関係というのはそういうものです」

「忌憚のないご意見に感謝します。アメリカ軍として、何か意見はありますか」

教授はここでバード提督に質問した。

「……アメリカは、民主主義国家です。軍の意見だけでは動かない。日本も台湾も豊かになった。だから台湾とはいかなる軍事協定も無いのに、どうしてアメリカが戦う必要があるのかというのが、世論の大勢でしょう。いくら共産中国が腹立たしいからといって、戦争してまで負かす必要があるのかと。中東との長い関係の中で、アメリカ社会にはムスリムへの偏見と憎悪が蔓延した。だが中国に対してはまだそういうものはない。国民は、解放軍の実態にもウイグルや香港での弾圧にも、さして関心があるわけではない。そういう関心をもって家庭で議論するミドル・クラスなど、もう存在していないのです。われわれは、その時々の感情で唐突に爆発する群衆の中で政治をやらねばならない。こういうショッキングなことを言うのは何だが、今日の日本は、明日のアメリカだ。

——日本人は、物事を逆に考えている。今のアメリカは明日の日本だと。だが、事中国問題に関しては違う。今は威勢良く中国製品排除だと息巻いているが、いずれ日本のように北京のご機嫌を伺う日がくるでしょう。大状況を見て考えるなら、今、極東の小島ごときで中国と戦争するのが妥当かどうかは、議論が必要でしょうな。私などより遥かに知恵のある人間が、国防総省や国務省、そしてホワイトハウスにいてくれることを祈ります」

「あんな小島ごときで、アメリカの世紀が終わるというの？」

「いいえ、問題は前世紀からずっと続いていたんです。チベット、香港、ウイグル、ハリウッド資本への侵食。何より、南シナ海の支配でね。われわれはこの四半世紀、中国による力の支配の拡大を、見て見ぬふりをし続けた。ただの一度として、真剣に拳を上げたことはなかった。このセミナーの目的は、まさにその反省点を研究することだったのでしょう？」

「そのつもりだったんだけど、一年遅かったわね……」

皆無言になったので、佐伯が話題を変えた。

「ところで、この船は今、ちと微妙な海域を航海中なわけだが、われわれの針路や当面の目的地は変化無しということでいいのかな？」

「中国政府の招待状は、今も有効です。入港拒否を言ってこない限り、われわれは上海に向かいます。中国の代表団にも、このまま船に乗り続けてもらいます。私はこれから代表団と会ってきます。こういうのを説得するのは得意なので。彼らのご機嫌をとるために計画の大幅変更を余儀なくされたし、逃がしはしないわ」

アジア相互協力信頼醸成措置会議（CICA）に習って立ち上げた太平洋相互協力信頼醸成措置会議（CICPO）は、日米の肝（きも）いりで初回拡大会議を豪華客船〝ヘブン・オン・アース〟内で一週間にわたり執り行われることになった。

資金を出したのは日本だ。これは、コロナ禍で瀕死の状況にあった客船業界を助けるという意味合いもあった。

全員が乗り込んだのはシンガポールで、当初はオブザーバー資格で台湾も呼ぶつもりだったのだが、当然中国が難色を示した。おまけに、一国一箇所の寄港予定を、中国政府が香港にどうしても立ち寄れと言ってきていたのだ。

これは、香港が変わらず自由と繁栄を謳歌しているという事実を誇示するためだ。

それによって会議日程が一日延びることになるが、その分の経費は中国が持つと言ってきた。

中国という第一当事者の参加は必須だったため、日米はその条件を飲んだ。

香港でのプロパガンダを除けば、会議は有意義に進んでいた。各国の元高級軍人たちが親交を深め、誤解を解く良い機会になっていた。

だが、今日の出来事でこの数日間で築かれたこの信頼関係は、吹き飛ぶだろう。

日米のみの秘密会議が終わると、今後についてを検討するため、日本側代表団はバルコニー付きの佐伯代表のロイヤル・クラスの部屋に集った。バルコニーだけではなく、ここには小会議室もついている。

バルコニーの向こうに、島影が見えた。ここは福建省(ふっけんしょう)の辺りだろう。右舷側からは当然、台湾本島が見えるはず。つまりここは、台湾海峡のど真ん中。戦闘機が飛んできても不思議はない海域だ。

「驚きましたな。さすがは幕僚長に出世するだけの方だ。恫喝(どうかつ)がうまい」

音無が煽てるようにそう言った。

「あんたみたいな人間でも、世辞が言えるのかね」

「そりゃ憎まれ役を買ってもらえるなら世辞のひとつくらい安いもんさ。まずは日本側が血を流すべきだと大見得(おおみえ)を切る予定だったアメリカが、ぐうの音も出ない顔をしていたな」

「中世以降の商業国家の多くが、そうやって軍事はアウトソースしていた。とはいえ、この現代にうちは血を流すのはまっぴらだから、用心棒として仕事をしろという話を婉曲(えんきょく)に伝えるのは気が引けるよね。武人(ぶじん)というか、サムライがすべきことではない」

「中国代表団は降りると思う？」

「私なら降ろさない。ここは交渉の場ではないが、アメリカ側に交渉の余地があると誤解させるために、ここに代表団を残して時間稼ぎさせるのが得策だ。もし彼らが上海で船を下りるとしたら、この作戦を立案した連中は頭が悪いと思うな。さて、次の動きがあるまで、くつろぎながらCNNでも見るとしよう。こういう時、現役でなくてよかったと思うよ……」

佐伯は自らテレビを点けた。それは音無の部屋の32型モニターの倍はある大きさだ。

マイクセットが置いてあるので、カラオケ機能もついているだろう。

隣の部屋は、キングサイズのベッドが二つ。その向こうには陽光眩しいバルコニー。

少しイラッとする瞬間だった。

まあ俺は遊びにきたわけじゃないしな、と音無は自分をそう納得させた。

新型コロナ騒動がはじまるまで、是枝飛雄馬（これえだひゅうま）の人生は前途洋々だった。念願のプロオケに仮採用が決まり、長年の音楽活動がようやく軌道に乗ったという実感を得ていた。

別にプロの演奏家としてソロ活動で名を上げたいわけではない。ただ、音楽で生活できればそれで満足だった。

クラブやライブハウスでのバイト生活からも、やっと解放される。もうタバコの煙で楽器や肺を汚さずに済むのだ。

本採用が決まってキャリアを積んだら、個人レッスンでも稼げるようになる。悲しいかな日本の音楽家は、それだけのことをやってようやく世間並みの稼ぎが得られる。

だがそれも、このコロナ禍で暗転した。仮採用は取り消しとなり、バイトをしていたライブハウスももちろん閉鎖。というか廃業した。練習場も長期閉鎖を決めていた。

政府の支援金はあっという間に無くなった。だが、ここにきてもこんな馬鹿騒ぎはほんの数ヶ月も続けば終わるだろうと思っていた。

しかし夏に入り、ワイドショーが第二波だ何だと騒ぐ状況になった時、腹を括った。

電車で四〇分のところにある友人宅に、乗りつぶしたロードバイクをもらいに出かけた。帰りはもちろんそれに乗り、三時間かけてアパートまで帰る。

次に、飲食物配達人もはじめた。

プライドは捨てた。ある夕方、街ですれ違った高校生から「頑張れよ！」と声をかけられた時は心底落ち込んだが、これも音楽を続けるためだ。

今、国も世間も音楽家に死ねと言っていた。音楽など不要不急のものであり、無くても構わないというのが日本国民の総意だと是枝は思った。あと一〇歳若ければ、市民運動に身を投じてデモしていただろう。

その飲食物配達人は、ビジネスのツボを心得ればそう悪い仕事ではない。交通事故に気をつけながら走ると良い運動にもなる。音楽家は体力が資本だ。それは、金管楽器だろうがピアノだろうが弦楽器だろうが変わらない。

その仕事は、もちろん音楽仲間には秘密にしていたが、ある日信号機で止まっている際、仮採用されたプロオケの先輩に見つかってしまった。

しばらくすると、その先輩から「良い仕事がある」と連絡が入った。客船のエンターティメント部門の演奏家の仕事だ。一度乗り込めば、それなりの稼ぎになるといわれた。

船上では金を使うチャンスはない。今は客も少ないし政府補助も出る。なにより、練習にも打ち込める。このご時世に、音楽で稼げる仕事なんてそうはないと誘われた。

ライブハウスは依然として閑古鳥が鳴いている し、テーマパークも以前ほど客は入らない。人を集めるイベントという行為自体も、タブーになったままだ。

是枝は、船に乗ることを決めた。

乗り込んでみると、驚くことがあった。プロオケの正演奏者が何人か参加していたのだ。正直な話、とんでもないメンツだ。

彼らの技術をマスターする絶好のチャンスもある。なぜならこれから何ヶ月間も、朝から晩まで同じ船内で過ごすのだ。

その上、嬉しい出会いもあった。以前から気になっていたビオラ奏者がいた。大学時代、インカレ活動で何度か一緒になったことがある子だ。

是枝のような音大の学生は、インカレ荒しとして見られてしまう。受け入れるサークルにとってはレベルを上げる貴重な人材だが、元からそこにいるメンバーにとってはポジションを奪うライバルだからだ。

彼女には、学生時代に一度モーションをかけたことがあったが轟沈した。あれは苦い想い出だ。教員免許をとるようなことを言っていたから、てっきり音楽教師でもやっているのだろうと思っていた。

事情を聞いてみると、教師は雑用が多すぎてうんざりし、三年で辞めたという。音楽家として再出発しようとしたところで、このコロナ禍に遭遇したそうだ。

演奏会の準備をはじめていると、マネージャーが現れて今日は中止になったと伝えられた。理由は報されなかった。

昼間の演奏会は、ある国際団体向けのものだと聞かされていた。だから演目も少し固めのもので、自分たちもタキシードやドレスで正装していたのだ。

楽器を持って乗組員居住区へ戻ろうとすると、「戦争」という言葉が聞こえたような気がした。

上部デッキから下層デッキへの移動はいつも憂鬱だ。何か自分の人生を思わせる。ただ深みに落ちていくだけの人生だ。

「昼飯を食べ損ねたんだけど、今から何か食べにいく?」

気を取り直して、是枝はビオラ奏者を誘った。

「そうね、軽めのものなら。私、香港で脂っこいものを食べすぎたの」

ビオラを小脇に抱えた浪川恵美子(なみかわえみこ)は、従業員用の階段の手すりをつかみながら慎重に降りた。かなり急な階段なのだ。

「そうだね、香港で下船できるとは思わなかったよ」

「コロナ禍で、乗組員の劣悪な待遇が暴露されて、だいぶ改善したみたいよ。ネットの速度も少し速くなったようだし。収容乗客数が減ったことで乗組員も減らしたらしいから。四人部屋に二人で入れるのは嬉しい」

「羨ましい。僕の部屋は四人部屋だよ。でも乗組員居住区が人種別に分かれているのは、どうかと思うな。国際親善にならないじゃん」

「気を遣わなくて済むんじゃない。ほらあの、エスニック料理を食べる人たちがいるけど、あの臭い、部屋に籠もっちゃって。……窓の無い部屋で過ごすのははじめてだけど、私は少し閉所恐怖症の傾向があったのかもしれない」

乗組員食堂は何カ所かあり、豪華ではないが普通に美味(おい)しい料理が出る。もちろん無料でだ。乗り込んだ当初はタダ飯と聞いて食べすぎたため、三キロ太ってしまった。落とすのが大変だ。

　是枝はすでに三ヶ月間この船に乗っているが、客の入りが悪いのか、ショート・クルーズばかりだった。今回は、久しぶりのロング・クルーズだ。そして、日本にも帰れる。

　是枝は、帰国したらあのオケに一度顔を出して様子を尋ねてみるつもりでいた。状況が改善したら優先的に採用してもらえることにはなっているが、所詮口約束だ。それに、どこのプロオケでもまだ解雇が続いているという噂も聞こえてくる。

　ここでは、仕事があるだけマシだ。配達人であった時も仕事にプライドはもっていたが、自分は音楽を捨てられない。

　やはり演奏ができて、それで給料がもらえるのがベストだ。学生時代は、テーマパークのブラバンに就職する奴のことを軽蔑していたが、今は違う。あの仕事は、日本の音楽環境としては恐ろしくまともな方だ。「上がり」と言ってもいいだろう。

　経営母体がまともな二、三のプロオケを除けば、遊園地での演奏は競争が激しい就職口であり、音大出でなければまず入れない。

　あとは自衛隊の音楽隊だが、さすがに鉄砲を持っての訓練は自分には無理だ。消防や警察では、自分の弦楽器の需要は無いと思われる。

　食堂に入ると、皆がテレビを食い入るように見ていた。ＣＮＮが、台湾と中国が戦争をしていると報じている。「すぐ近くじゃないか……」と、フィリピン人船員が漏らした。

　テレビの地図には、香港の位置が描かれている。確かに通ってきたばかりの場所だ。是枝は、しかし戦争と言われてもピンとこなかった。

　次の寄港地は上海。こうなれば、針路を変更してこのまま日本や韓国へと向かうのだろうかと思った。

「まあ、僕たちが心配しても、どうにもならないよね」

二人ともダイエット中だったため、ベトナムのフォーを注文する。

「間違ってミサイルが飛んできたら、船に閉じ込められたまま死んじゃうのかな」

恵美子は不安そうな顔をした。ほとんど箸が動いていない。

「上海に入港するということは、中国政府が航行の許可を出してるってことだろう。だったら、大陸寄りに航行すれば安全なんじゃないの？」

「わからないじゃない。ああ、お給料に釣られてこんな船に乗るんじゃなかったわ……」

「大丈夫だよ。この船に乗っているのは乗組員だけじゃないんだ。それなりのＶＩＰとかもいるから、危険だと判断したらどこかの港に入るよ」

しばらくすると、マネージャーの名前で、英文のペーパーが掲示板に貼り出された。人だかりの後ろから是枝もそれを読む。

短いメッセージだ。「われわれは戦争海域を航行中だが、現在のところ危険は無い。一番安全なのはこのまま上海へ向かうことなので、船内サービスは従前通りとする。エンターティメントのスケジュールにも変更は無い。ゲストを不安にしないよう、クルー全員は引き続き最善を尽くすことを望む」と書いてあった。

テーブルに戻って、浪川にメモの内容を伝えた。

「危険は無いようだけどさ、戦争手当とかは出ないかな」

「私、早く帰りたい。この船の航路を親に話しているから心配しているかも。あとでメールしておかないと。あなたは？」

「僕？　実はこういう仕事をしていることも話してない。アパートは友達に管理を任せてるし。この船、乗員乗客合わせると四〇〇〇名以上が乗っているんでしょう。そんな船を攻撃したら国際問題になる。大丈夫だと思うよ」

「宗教をもっておくんだったわ。心を強くもてた。ほら、あのお酒を飲まない人たち、いつも同じテーブルにいて、誰も近づこうとしないけど」

「ああ、あのムスリムの皆さんね。ちょっと近寄りがたいよね。お酒は飲まないし、いつもどこか思い詰めている表情をしているし。この船にイスラム系のお金持ちはほとんど乗ってないのに、どうしてムスリムが乗組員にいるんだろう」

「稼ぐためなんでしょう。世界中どこでも、宗教が違っても、お金は必要だわ。男女差別が無ければ話しかけてみるんだけど。どんな人たちなのか、もっと知りたいし」

「僕はいいや。話しかけてもらえるなら友達になるけど、アルコールが飲めないんじゃ人生なんて楽しめないでしょう」

「他人のことを、もっと知りたいと思わないの？」

「変なこと言うんだね。僕はただの音楽バカでいいよ」

「それじゃあ駄目だと思うよ。長い人生、もっと人間を理解しないと、思わぬことで躓（つまず）くことになるわ」

是枝は「ふーん……」と反応するに留めた。彼女は、インカレ時代とはずいぶん変わっていた。

あの頃は、音楽に集中する普通の女子大生だったが、今は、時々心ここに有らずという感じになる。たまに、泣いていたように化粧崩れしている時もあった。いったい何が彼女を変えたのだろうか。

それはそれとして、確かにこの乗組員居住区で暮らす労働者の中でも、イスラム系の人たちは少し異質な集団ではあった。他の労働者とはほとんど交流しないし、イスラム系と言っても、宗教がイスラムというだけで、人種としてアラブ系というわけでもなさそうだ。どこか、モンゴロイド系の印象もある。

二四時間、同じ空間にいるのだ。自分から話しかけてみるのも、確かに面白そうだ。

最近、乗員同士の秘密のセックス部屋があることを知ったばかりだ。

客に娯楽を提供するのが仕事の自分たちにも、暇つぶしとなる娯楽は必要だった。

ハリムラット・アユップは、いつも中庭に出ているワゴンでケバブを焼いているケバブ職人だ。

中庭といっても屋根はあって、エアコンが適度に効いている。常時、大道芸などのエンタメ企画もあり、軽快な音楽が流れている船内で一番賑やかな場所だ。

〝ライフ・オブ・ツリー〟と名づけられた巨木が中庭の中央にある。もちろんこれは作り物だ。船会社は本物の木を植えたかったらしいのだが、万一倒れた時に、船体のバランスを崩すおそれがあると断念したらしい。

夕方前の時間帯はいつも暇だが、中国が台湾の島を攻撃したというニュースが流れて以来、さらに客足は途絶えていた。

そもそもこの中庭を歩いている人がいない。皆が自室でテレビに噛りついているのだ。

アユップは店を閉じて、自分の部屋に引き揚げた。営業時間は自由に設定してもいいことになっている。

ある一定の時間帯はかならず開けなければなら

ないという決まりはあったが、そこを除けば一日の中で数時間営業すればいいという契約になっている。

四人部屋の自室に引き揚げると、その部屋だけではなく隣の部屋の仲間も集まっていた。皆で小さなテレビに見入っている。不安そうだ。

「これで少しは世界も目を覚ますだろう」

そうアユップが言うが、頷く者はいない。

「上海には向かわないいんじゃないかという噂が流れていますよ」

そう言ったのは、給仕係のムハンマド・ムフタだ。その言葉で、二段ベッドが向き合う狭い空間に、全員が床に胡座を組んで向かい合う。

「噂を信じるな。この船は必ず上海に入る。中国人の高級軍人を乗せているんだ。このまま日本に向かうなんてありえない。もし上海に入港してしばらく足止めを喰らうようなら、それも好都合じゃないか。あっという間に広がるぞ。中国は戦争どころじゃなくなる。航海予定通りなら、決行は今夜だ。給仕係のスケジュールはどうなった?」

「はい。三人の同僚の飲み物に、例のものを入れました。今朝から下痢が酷く休んでいます。夕食はどうしても人手不足になるので、自分が応援を確保するとマネージャーに報告しました」

「それでいい。皆、覚悟はできたか。どうだ、アブドュル?」

「そのつもりで今日まで来ました。親族の仇を討てれば本望です。ただ、最後まで見届けられないかもしれないと思うと」

「こういう時に、宗教を持ち出すのは好きじゃないんだが……。誰が生き残って誰が死ぬかは運だ。私はもう良い歳だが、君らはまだ若い。死ぬ確率は、ほんの数パーセントだろう」

「世界を巻き込むことになりますね」

「世界はわれわれの苦難を無視した。報いを受けるのは仕方無い。皆、迷うこともあるだろうと思う。だが、そういう時には自分たちの置かれた苦難を思い出せ。収容所での屈辱の日々や、牢獄で死んだ家族のことを。われわれは世界最大の、そして最悪の収容所から出て今ここにいる。故郷を捨てたのは復讐するためだ。心を強くもて！」

「はい」と皆が頷く。

「それでムハンマド、中国人団体のシフトの件は、いけそうか？」

「はい。マネージャーにはこう伝えています。

——中国人の団体が乗っていると聞いたのだが、できれば会わないようにしてほしい。自分は親の世代にウイグルから脱出した亡命中国人家族で、ウイグルでの弾圧を快く思っていない。中国人の世話は嫌だ、と。それを聞いたマネージャーは、では北京語を喋れるのかと返してきたので、あいつらと喋る言葉はもたないと言ってやりましたよ。でも、あの人の性格だったら、中国人のご機嫌をとってこい、ボーナスを出すからと言ってきますね」

「よし、期待している。奴らを巻き込まなくとも目的は達せられるが、あの連中に広まれば、そこから軍や共産党の支配層に一気に拡大するだろう。気づいた頃には、北京にも蔓延しているはずだ。この前のような封じ込めはできない。香港寄港のハプニングで少し計画は狂ったが、目的は達せられる。さて、仕事にかかる前にもう一度ここに寄ってくれ。準備しておく」

アユップは全員が部屋を出ていくと、冷蔵庫に向かい、ワゴンで焼く夜用の肉を確認した。

別の荷物も、凍ったシープ肉の中に隠していた。

音無が自室に戻ると、卓上の固定電話のランプが点滅していた。一件のメッセージが入っている。

　メッセージと言っても、電話をかけてきた相手の電話番号が流れるだけだ。この船内電話の仕組みはそうなっているらしく、細い回線を全員で使うために外からかかってくる電話は船側がいったん預かり、こちらから折り返して電話させるというシステムになっているらしい。もっともそれは一等船室の話で、ロイヤル・クラスはまた別なのかもしれないが。

　仕方無く電話をかけ直す。それは市ケ谷（いちがや）の代表番号で、しばらくすると向こうでまた電話が繋ぎ直された。

「おい、ひとつ聞くが、船舶電話ってのは安全なのか？」

　相手が出ると、開口一番それを聞く。

「調べました。その客船の衛星電話システムを納入した会社はスイスの交換機メーカーで、外交用通信機なども手広く扱っています。つまり、CIAの偽装カンパニーです。従って、この回線はCIAやNSAにしか盗聴できません。意外と安全ですよ」

「安全の意味が違うだろうが。で？　そっちはどうなっている」

「金庫から〝赤本〟を引っ張り出して捲ってます。よくもこんな荒唐無稽なことを思いつきましたね。……海自はもちろん出ますが間に合わないので、海保巡視船を下げるかどうか政府部内で議論があるようです。それで、こちらとしては一つ提案をしました。中国側に通告した上で、陸兵を一時的に上陸させるのはどうかと。つまり、撤退前提です。中国が救難活動を終えて満足したら、こちらも陸兵を引き揚げる。陸兵を尖閣に上げたことは、未来永劫公表しない。それで解放軍兵士の上陸を拒否できます」

「アイディアとしては悪くないが、いずれにせよ、そうなると水機団のオスプレイや空挺で降りることになるぞ。大げさすぎやしないか？　そもそも、中国側はそれを真に受けるのか」

「そりゃあ拒否はするでしょう。それは侵略だ、とね。しかしこちらの艦船が間に合わない以上、他に手は無い。それとも台湾軍は、解放軍艦艇の接近を阻止できますか？　それなら、保安庁が捜索活動を継続できる。生存者がいるようには思えませんけどね」

「いや、俺が危惧するのはさ、政権としては事が収まったら速やかに兵を引き揚げると宣言したとしてだ。せっかく降ろした兵隊をなんで引き揚げさせるんだという連中が必ず現れることだな。北京だって当然、そう考えるぞ。それが民主主義国家のウィーク・ポイントだからな」

「それは、自分ら制服組が案じてもどうにもならんことですよね」

「まあな。ところであいつは今どこにいるんだ？」

「それが、ほら、例のお嬢さんに店をもたせるとかで帰国しました。ああ、帰国ってのは変な言い方ですが。そしたら、向こうで足止めを喰らったようです。上の方から、彼女を自衛隊のオブザーバーとして承認して問題無いのかと尋ねられましたよ。自分は、彼女以上の適任者はいないと言いました。一応、メールのやりとりはできています」

「……一つ忠告しておくぞ。台湾絡みで、あいつの言うことを聞くんじゃない。あいつは台湾が絡むと、普段の思考力を無くすからな」

「わかっていますので、ご心配なく。それで、船旅はどうですか？」

「あぁ、俺の部屋からは海は見えないんだ。中庭の、作りもんの巨木の枝が見えるだけ。代表が泊まっているロイヤル・クラスとやらはカラオケセットがあって、会議室もついていて、あの、ほら、なんていうんだ、ベランダもついているんだぞ」

「それはベランダじゃなくバルコニーですね。きっと床はウッディデッキでしょう。無事上海に入港したら、夜景を拝みながらそこで一杯奢ってもらっては？　それに、私は事前に聞きませんでしたっけ。『ついては部屋のご希望はありますか』と。確か『観光旅行に行くわけじゃないだろう』とお応えになった記憶があります。ここにメモがあります。何なら録音データも。文句があるなら、外務省のお付きにルーム・チェンジを要求してください。でも彼らの部屋は、窓もない四人部屋だと思いますけどね」

「……愚痴った俺が馬鹿だったな。とにかく、俺としては余計なことはするなとアドバイスしたい。あの島には陸自隊員の血を流すほどの価値は無いぞ。本来は、海自の責任なんだからな」

「了解です。それと、スマホの電源を入れたままにしておいてくださいね」

「ここでは通じないぞ」

「それが、携帯電波でなくとも船内は無線LANが通じているんで、通話はできるんです。LINEの友達申請も。後で外務省に必要なアプリを入れるよう頼んでおきますから」


電話を切った陸上自衛隊特殊作戦群・サイレント・コアを率いる土門康平(こうへい)陸将補は、習志野(ならしの)の自室にいた。

受話器を置くと、目の前に立つ原田拓海(はらだたくみ)一尉を見遣る。


「それで、何の話だっけ？」

「はい。自分の妻に関する報告です」

「え――！」

　土門は仰け反った。

「君、いつの間に結婚したの？　なんで上官である俺が知らないんだ？　相手、誰よ？」

「はあ。自分もよくわからないのですが、妻が言うには、もし自分が何者かを知りたければ、そこの金庫にここで撮影した映像が入っているから開けてもらいなさいと。でも、隊長さんは、それを良しとしないだろうから、この話はこれで終わりにしましょうと」

「……よくわからん話だな。それは、君の奥さんを交えてここで撮った映像なのか」

「はい、それでもろもろの書類はすでに提出されていて、隊長のサインもしっかりありました。自分の扶養家族になっています」

「俺は、そのメモリカードか何かをここに仕舞ったんだよな？　じゃあ答えは一つだ。これ以上突っ込むなという自分宛のメッセージだな。別にスパイとかじゃないんだろう」

「ええ。北京語はぺらぺらですがね。数日前、司馬さんと電話で話してましたが、自分にはほとんど聴きとれませんでした」

「後日、本人から聞くよ。お前も、こういうことは深く考えるな。時間が解決するからな。それで、一応、空挺は待機に入る。われわれが付き合うかどうかは、まだ不明だ。政府から俺に行けと言ってきたら付き合うが、水機団をオスプレイで運ぶという作戦もとれるし」

「了解です。部隊に待機を命じます」

「よし。……そうか、結婚か。だがもう俺はその件は忘れたからな。これは、いつものアンタッチャブルだ」

　土門は、消していたテレビの音声を上げた。

　総理大臣が官邸でぶら下がりに応じている。

「起こったことに驚いており、われわれは両国政府に強く自制を求める」とだけ言って立ち去った。

意図的なことなのかただの失言なのかはわからないが、「両国政府」と口にした。

きっと北京は激怒するだろう。

第五章　反テロ調整室(RTCN)

東沙島を猛烈なスコールが見舞っていた。

まるでバケツをひっくり返したような大雨が三〇分続き、何もかもを洗い流す。ビーチの血痕を洗い、砲撃の孔に水溜まりを作り、半日燃え続けた施設の火事も鎮火させた。

懸案だった車両部隊の再上陸も、火災が鎮火した直後、スモークを焚いて滑走路東端から再上陸した。

指揮所を、ビーチから台湾軍の指揮所跡に移す作業がはじまったが、新任の作戦参謀雷炎(レイイエン)大佐は「的になるだけだ」と反対した。的にさせるのが目的だというのが姚彦(ヤオイエン)少将の意見だったが。

雨上がりの日差しはまだ強い。何より、凄まじい湿気だ。まるでサウナのようだった。じっとしているだけで、玉のような汗が噴き出てくる。

タープを張っただけの指揮所で「必要なものは陸揚げしたぞ」と雷大佐に作戦を迫る。

「敵を殲滅しなきゃならん」

「何の為にですか？　滑走路を安全に使えるようにするためですか」

「そうだ。負傷兵の後送もできれば補給物資も届けられるし、戦闘機の離着陸も可能になる」

「大陸沿岸まで三〇〇キロ無い。つまり、香港の最高度の外科病院にヘリで飛べる距離です。補給品の輸送もヘリでできる。戦闘機の離着陸はできるに越したことはないですが、少なくとも今できる必要は無い。台湾側は、われわれより一〇〇キロ以上余計に飛ぶ必要があるのだから、沿岸部の基地から同時に飛び立ってもこちらの勝ちです」

「だが、現に敵がそこにいるじゃないか」

「その敵を殲滅するために許容できる損害はどの程度ですか？　一個中隊？　それとも二個中隊？　一個大隊を潰滅させせた後で、その犠牲は許容できますか」

「大佐。私は早く敵を黙らせて、電波妨害を止めたいのだ。これでは味方の通信もまともにできやしない。同じ島の中にいて、ウォーキートーキーすら使えないんだぞ」

「では、まず電波妨害はもう止めるべきです。顔が見える距離なのに、味方同士ですら通信ができないのは変でしょう。作戦が全世界に露呈したことで、敵の通信を妨害する意義は消えた」

「海兵隊が一人でも生き残っていることが台湾に知れたら、民衆の士気を上げることになる」

「敵には何もできない。電波妨害は、味方の不利益が大きすぎる。それに案外、上級司令部から降伏せよとの無線が入るかもしれない」

「参謀長の意見は？」

「こんな広範囲な電波妨害を、この時間まで続ける予定ではありませんでした。確かに、味方の不利益が大きすぎますね。すぐ沖合に見えている上陸用舟艇とすら通信ができないのは問題です」

「残存兵が台湾との通信が回復したら、プロパガンダに使われるわけだが……」

「通信できようができまいが、その中身は一緒ですよ。我が海兵隊は、敵の猛攻に耐えてその士気はなお旺盛なり！　とかね」

「わかった、電波妨害を止める。それで、どうやって攻めるんだ」

「放置しておけばいい。あなたは一個大隊を失ったことで、功を焦っている。いったん西側に逃げた敵は、島の隘路を通らねば反撃はできない。その手前に戦車や装甲車を置いて、隘路を圧迫しておくだけで十分でしょう。少なく見積もっても、この敵を掃討するとしたら最低でも一個中隊の犠牲は出る。将軍は、明日明後日には任務を立派にやり遂げた指揮官として称賛されるでしょうが、数年後、あるいは二〇年後、あの無謀な殲滅作戦は必要だったのかと批判されることになる。とりわけ兵士の遺族からね。今、称賛されて晩年こきおろされるのと、今は批判されるかもしれないが、将来、兵士の犠牲を最小限に抑えて敵に持久を強いて、最後には敵も救って降伏させたと歴史に書かれるのと、どちらがいいですか?」

「私の一存では決められんよ」

「そんなの、あなたの独断で決めればいいんですよ。島の攻略を命じられたのはあなただ。南海艦隊の司令官じゃない」

「参謀長……」

「申し訳ありませんが、これぱかりは指揮官が決断すべきことです。自分はどうこうすべきとは発言しません」

「では、少し様子を見ることにしよう。どの道、日没が近い。交戦しはじめたところで日没となっては危険だ」

「賢明な判断ですね。武装漁船を呼び、海岸線に並べてビーチを照らしましょう。そうすれば、敵の夜襲の意思を打ち砕くことができる」

　雷大佐は珍しく殊勝な態度で誉めた。

「この地形と兵力差で、仕掛けてくるか?」

「日本軍は太平洋諸島で、そうやって米軍を翻弄しました。台湾軍がとっている戦法も、基本的には旧日本軍のそれに従っていますから」

「わかった。暗闇に備え、警戒する。雷大佐、警戒線を張る場所を決めなきゃならん。ちょっと見てきてくれ。私は参謀長と話したい」

通信兵と護衛を連れた雷大佐が去ると、姚少将はまだ湯気を立てている瓦礫の山を眺めながら両手を腰に宛がい、参謀長を誘い兵たちから少し距離をとった。

「君は価値感が変わるような経験をしたことがあるかね？」

「まさにこの戦いがそうでしょうな。こんな犠牲を払うことになるとは思いませんでした。正直なところ、はじまるまでは、数で押せば犠牲は払っても敵を殲滅できると思っていました。そのための犠牲は許される。指揮官が留意すべきは勝利であり、戦死者数ではないと思っていました。しかし、浜辺でのあの阿鼻叫喚（あびきょうかん）の地獄を経験した今、私はたった一人の戦死者を出すのも怖い」

「まさに、それだな。私も全く同感だ。戦死者を出すことを怯えている自分がいる。今すぐに解任を願い出たい気分だよ。解放軍が最後に本格的な戦争をやったのは、ベトナム懲罰（ちょうばつ）が最後だ。一九七九年――あのボロ負けの戦いを、われわれは勝利だと言い張った。あの戦いの記憶をもつ兵士は、誰も現場にいない」

「自分たちの判断や感情は、人間として正しいのでしょうね。軍人としては疑問符がつきますが、この上、数十名の犠牲が出ることを覚悟して殲滅しなければならないほどの脅威ではない。確かに、しばらくは放っておけばいい相手です。後の世の名誉をとりましょう。自分も将軍も、その消極的指揮指導を非難されて解任されるかもしれませんが、島を奪取するという目的は八割方達成しました」

「ありがとう、参謀長。夜襲に備え、防備を整えよう。戦死者の回収もまだだ。気が重いが、戦争の現実と向き合わなきゃならない。戦場でタダ飯は食えないってことだな。落ち着いたら、中隊長以上を集めてくれ。大変な一日で、動揺もしているだろう。訓示したい」

「良い考えです。おそらくこれから兵士たちは急性ストレス障害(ASD)を発症することになります。アメリカ兵のASDや心的外傷後ストレス障害(PTSD)のニュースを聞いて、なんと軟弱な奴らだと思っていましたが、ほんの一発の着弾で精神は崩壊するのだとわかりました」

「ああ、同感だ」

　電波妨害を解除したことで、味方のドローンが上がりはじめる。蚊(か)が飛ぶようなクアッドコプターのモーター音は、敵を精神的に参らせることだろう。

　こちらは押している。敵の方が遥かに辛いのだと、姚は同情した。

　鐵軍部隊(アイアン・フォース)の陳智偉(チェンヂーウエイ)大佐は、電波妨害が消えたと聞いて通信兵のもとへ走った。

　いつまでその状態が続くのかわからない。あらゆる周波数と無線機で、事前に用意しておいたテキスト・メッセージを送った。一〇分後、中華民国総統の名前で、奮闘を称えるテキスト・メッセージが返ってくる。

　短波ラジオも聞こえるようになった。海兵隊部隊は依然として健在で、果敢に反撃を試みていると放送していた。

　それからしばらくは、海外の短波放送に聞き耳を立てた。民間の衛星会社が島の写真を公開し、双方、艦砲射撃と野砲の凄まじい撃ち合いが繰り広げられたが、上陸した解放軍が台湾軍の反撃にあいかなり酷い損害を被った様子だと報じていた。大陸側のラジオは、まだ何も報じていない。西側のラジオは、大陸ではまだ報道はないがＳＮＳ等で東沙島の奪還を歓迎する書き込みが増えていると言っていた。

陳大佐は「われわれはもう一人じゃない！」と通信兵らを励ました。情報参謀の呉金福(ウージンフー)少佐も「なんだか、もう勝ったような気分ですね」と喜ぶ。

大佐は、要点をメモした紙を作らせ、それを手書きでコピーして各分隊に行き渡らせるよう命じた。

「しかし、浮かれてばかりもおられん。何がわかっていて、まだ不明なことは何だ？」

「はい。頭を冷やして考えてみると、わかったことはたいしてありません。とりあえず、われわれが健在なことが本土に伝わっていることは良しとしても、具体的にどのような援軍が得られるかの話はない。まだ本土も混乱しているのでしょう。総統は、反撃作戦と救出を速やかに検討すると仰っていますが、明日明後日ではないかもしれない」

その後、滑走路側に立て籠もる作戦参謀の黄(ホアン)俊男(ジュンナン)中佐とも有線電話で話した。向こうもラジオを聴いていたが、黄中佐は妨害電波が止んだことを気にしていた。

「向こうも、辛いんじゃないのか？　部隊配備しなきゃならんのに、自分たちの無線機も影響を受けるだろうからな。攻撃開始はいつ頃だと思う？」

「今日はもう無いと判断していいのでは。想定した以上の打撃を与えたようですし、ただこの敵は、ある瞬間から非常に慎重に動くようになったという印象を受けます。指揮官が替わったのかどうかはわかりませんが、戦術の変更を感じますね」

「それは私も同感だ。大胆さというか、無神経に突っ込む感じが消え失せた。敵に与えたダメージが戦術変更を強いたのかもしれん。引き続き注視しよう。そちらの士気は、どうだ？」

「このニュースが飯代わりになります。今夜一晩は大丈夫でしょう」

「了解した。お互い頑張ろう。まあ援軍はすぐには来てはくれんだろうが、国民の支持は戦意高揚、心の支えになる」

電話を終えると、東の最前線まで偵察に出ていた兵が報告に戻ってきた。

「電波妨害を止めて、ドローンが飛びはじめたようです」

劉金龍（リウジンロン）伍長は昨夜歩哨に立ち、敵のボートの接近を最初に見つけた兵士だ。

「まあ、想定済みだな。こっちも機会があったら飛ばそう」

「それと、敵は水陸両用の装甲車や戦車で壁を作りはじめました。当面、前進する意思はなさそうです。防御陣地もその周辺に作っていて、むしろわれわれの逆襲に備えている様子です」

「ほう、それは変だな。こちらにはそんな余力は全く無いのに。……そうか、なるほどな。連中は、高級外車を乗り回してはいるが、実は初心者だ。見よう見まねで大陸版海兵隊を作ってみたものの、お手本になる仲間はいない。対してわれわれには、旧日本軍の教訓や米海兵隊という良き指導者がいた。敵は、われわれの経験に怯えているんだ」

「砲弾が残っているなら、またぶっ放してやるんですがね」

「実はな、伍長、弾も砲もまだ残っている。だが、二度目にして最後の攻撃になるから、これは味方部隊の増援に呼応するために取ってあるんだ。まあ、美味い寿司（すし）ネタは最後に取っておくというやつだな。ところで伍長、君の経歴を少し聞いたことがあるんだが、出戻りなんだろう？」

「はい。自分は徴兵制が廃止になる最後の世代に引っかかりました。大学に行くような金も頭も無かったため、海兵隊出身なら営業職だと中堅会社に就職したのですが、何というか、海兵隊の新兵訓練が天国に見えるようなところでした。毎朝点呼で自分の営業成績を皆の前で報告させられ、一日中、貼り出された個人の成績表と睨めっこです。あんなのは、人間のすることじゃない。そう見切りをつけて再入隊しました。塹壕掘りの方が、遥かにマシです。穴掘りは確実に結果が出る」

「まあ娑婆の苦労は独特だろうからな。しかしそれも、生きて延びてこそ言えることだ。生きて還れよ」

「もちろんです。新兵にもそう言ってます。勝つ算段は士官殿の商売で、兵隊はただ生き残ることに集中すればいいと」

「それが正解だな」

　本国の様子が伝えられると、兵の士気は明らかに上がった。だが、これは一時の麻薬みたいなものだと陳大佐にはわかっていた。自分も高揚してはいるが、島は未だに敵艦隊にぐるりと包囲されているのだ。その現実は重い。

　この包囲網を撃破するような海軍力を台湾はもってはいなかったし、少なくとも海上で燃えている艦船がいないということは、空軍もまだ攻撃に成功していないということだ。

　おそらく米軍の協力を待っているのだろうが、それは儚（はかな）い夢だと思った。

　タイプ055型駆逐艦の三番艦〝延安〟（一三〇〇〇トン）の艦隊情報指揮所で、南海艦隊司令官の東暁寧（トンシィアオニン）海軍大将（上将）は、空軍部隊から敵戦闘機の編隊が上がったという報せを受けた。しばらくすると〝延安〟のレーダーにもその戦闘機が映し出される。

F－16戦闘機部隊だ。

真っ直ぐにこちらへ向かってくる。一六機はいた。

半分が空対艦ミサイルを抱き、半分が護衛だろう。今、東沙島上空は空軍部隊の完全な制空権下にある。島の五〇キロ西方海上で、複数の編隊が警戒飛行していた。

殲撃11戦闘機の八機編隊が東への針路をとる。それに、殲撃10戦闘機の八機編隊が続く。

だがF－16編隊は、一番東側に出ていた052D型駆逐艦を狙い対艦ミサイルを発射すると、くるりと向きを変えて下がった。

052D型は、中国版イージス・システムを採用した初の中華神盾艦だ。だが、その出番は無い。発射された一六発のハープーン空対艦ミサイル全てを、前進した殲撃11戦闘機が空対空ミサイルで叩き落としたからだ。

「わからんな。飽和攻撃を仕掛けるには数が少なすぎる。敵は何をしたかったんだ」

「中華神盾の実力を確かめたかったんじゃないですか。わが空軍がこれだけの数の戦闘機を繰り出してくることは、想定外だったのでしょう」

艦隊参謀長の賀一智海軍少将がそう応じた。

「空軍にお礼の声明を発してくれ。向こうは基地に帰ればミサイル補給できるが、こちらはすぐ港に引き返すというわけにもいかん。できればミサイルは節約したい。今後もミサイル防空に期待するとな。ただ、どうだろう。少し台湾本土に近すぎるかもしれん。少し大陸側に後退するか？　空軍は早期警戒機も出してくれている。島の東側遠くにまで艦隊を出す必要は無いかもしれん。対潜哨戒なら、ヘリでできるわけだし」

「しかし、われわれが戦線というか、防衛ラインを下げたという印象を敵に与えかねません。攻撃を呼び込むことになります」

「そうか、確かにそれはあるな。無駄な交戦は避けるに越したことはない。米海軍は、例のオケアン演習に驚いてイージス・システムを開発したそうだが、数度の飽和攻撃をどうやって凌ぐつもりだったんだろうな。どの道、ミサイルの数はあっという間に枯渇（こかつ）する」

「空母機動部隊として考えると、第一波を凌いだ直後に戦闘機で反撃。第二波は来ないという算段だと思います。物理的にも、搭載できるミサイルの数には限界がありますから」

「ではわれわれも、空母を随伴というか、空母主体の艦隊でなければ、中華神盾と威張ったところで意味はないわけだ。待ち遠しいな、正規空母が戦列に加わる日が。この作戦は、あと半年くらい待ってもよかったのにな。せめて空母三隻あれば、日米台湾と互角に戦える」

「ええ。米空母がいなければ、ですがね」

「辛辣（しんらつ）だな、参謀長は」

交戦を終えた戦闘機部隊が下がっていく。大陸からは、すでに次の編隊が飛び立っていた。空中給油機部隊も上がっている。

海軍はこうしてじっと留まっているだけだが、空軍にとってはこの作戦は良い実戦経験になるだろう。

沿岸部からの距離も手頃なら、下には海軍がいて周囲を見張っていてくれる。そして台湾空軍は、まだ総力を上げて攻撃を仕掛けてくる準備が整っていない様子だ。

彼らはせいぜい、ろくな武装も無い海警艦を沈める程度のことしかできない。その報復は、いず

れこの海域で為されることだろう。

尖閣での二正面作戦は、すでに準備してあった。空軍部隊の援護が前提だったが、結論として、第七艦隊の空母機動部隊が出現しなければ十分可能だという判断だ。そして、仮に作戦が長引いたとしても、米空母機動部隊が出てくることは無いという結論に至っていた。

アメリカの空母は、搭載している兵器も乗っている乗員の数も巨大になりすぎた。いざという時、危険な戦場に飛び込めなければ空母としての役割は果たせない。平時には絶大なプレゼンス効果を発揮するし、中東のようなワンサイド・ゲームが可能な地域紛争では使い道もあるが、大国同士のせめぎ合いでは使えない兵器に成り果てて、ただの金食い虫、お荷物になる。

東は、米空母をそう見ていた。

嘉手納やグアムの飛行場は、簡単に潰せる。この作戦の鍵は、米空母機動部隊が出てくる前に終わらせることだった。


豪華客船〝ヘブン・オン・アース〟のロイヤル・クラスにある佐伯元海幕長の部屋では、米海軍OBのクリストファー・バード元海軍少将がパソコンのデータをモニターに映し出していた。

「一応これは、機密情報です。日本側と共有する必要があると国防総省を説得して出させました」

佐伯が「ほほう!」と驚いて、その沿岸部のマーキングを一件一件なぞる。

中国海軍の配置情報がそこにあった。艦種と艦名のナンバーも打ってある。「何か面白い情報でも?」と音無が聞く。

「うん。バード提督、良く気づいたな!」

「ええ。一応、所在を確認すべきだと思いまして」

「こういうことだぞ、音無さん。——東沙島作戦に参加していない中国海軍の他艦艇は、東沙島奇襲の作戦を秘匿するためにも普段通りの配置だった。どこかに固まり出撃準備していたわけではない。そうすると最新鋭の艦船、とりわけ中華神盾艦が、尖閣沖に集結するにはそれなりの時間がかかるということだ。明日朝一で捜索を開始するには、旧式艦で艦隊を編成するしかない。すると、彼らは当然、台湾空軍の攻撃をかわせないから、やられる一方になる。それを避けるために空軍部隊が当然援護に出てくるわけだが、その戦闘機部隊は、那覇から出てくる航空自衛隊や台湾空軍の迎撃を受ける。一番近いのは台湾だから、これは台湾が有利になるし、台湾空軍と空自の戦闘機は互いを攻撃したりはしない。背後には嘉手納の米空軍戦闘機も控えているから、戦力差で言えばこちら側が圧倒的に有利になる。空中で解放軍機が防戦一方になる隙を突き、台湾空軍は解放軍艦艇を攻撃するだろう。出てくる艦船のほとんどを撃沈できる。中国海軍は、尖閣との二正面作戦に備えて戦えると判断したかも知れないが、こんなに早く尖閣に着火するとは思わなかったはずだ。それが誤算だった。海自艦艇の到着は遅れるが、中国海軍がまともな戦力を編成して尖閣に殺到しようとするなら、われわれが遅れをとることはない。睨み合いは起こるが、一方的に上陸を許すことは無い。ひとつのポイントは、嘉手納の米空軍が控えとして動いてくれるかどうかだな。尖閣沖まで飛んで来てくれれば、中国は尖閣での反撃をいったん諦めると思う」

「当然、その辺りのことはうちの軍も考えていると思いますが」

「チェン博士は、まだ中国側を説得中？」

「はい、長引いています」

「彼女に、この情報を伝えてやりたまえ。われわれは中国海軍の二正面作戦が間に合わないことを知っている。尖閣で反撃するのは控えた方がいいと」

「それで、断念すると思いますか？」

「わからんよ、これはかりは。振り上げた拳を喧嘩している相手の前で降ろすのは屈辱だ。冷静な判断ができる人材が向こうにいてくれることを祈る。東沙島の攻防はどうなっているの？」

「中国軍の守りは堅いようです。何しろ海軍が居座っているし、東沙は台湾より大陸の方が近い。航空戦力を出し惜しみせず、エアカバーしています。ただ、なぜか上陸した陸兵部隊は、それ以上の前進や攻撃はせず、陣地構築に集中しています。立て籠もった台湾軍海兵隊も、最初の交戦以降、犠牲者を出していない」

「……それは、手強い敵だ。今の状況で双方が空軍戦力を削り合ったら、最後は中国の方が有利なんじゃないか？　だとしたら、海軍を引き揚げても、中国は空軍戦力だけで島を守りきれるかもしれん。この会合、空軍のＯＢも入れるべきだったな」

大学やシンクタンクの研究者も入れる必要から、ミリタリーの参加は海軍優先、陸や空は各国のお好みでとなっていた。米側には空軍ＯＢもいたが、日本側には空自のＯＢはいない。

バード提督が部屋を辞すると、音無は「市ヶ谷にも報せますか」と佐伯に問うた。

「いや。その程度のことはとっくに調べて気づいているさ。わたしゃ後輩を信頼しているよ。こういう所でヘマはしないように育てた。お宅は違うの？」

「うちは、ちょっと腹黒さが足りない感じがありましてね」と、音無は渋い顔で言う。

いずれにせよ、そういう方向で動くのであれば、陸兵の先行投入という事態は避けられる。

ここで中国を刺激して、全面戦争へのドアを開くのは回避したい。それは、アメリカも同じだろう。

中国は今や、暴れる巨象だ。

日本は、蟻(あり)ではないにせよ、踏みつけられて無傷で済むほどもう巨大ではない。

経済にしても軍事にしても。

それほど中国という巨象は大きくなり、身の丈ほどに傲慢になったのだ。

シンガポール――。
シンガポール外務省、アメリカ合衆国大使館、そして中国大使館が背中合わせに建つ一角に、シンガポールが最近誘致した国際刑事警察機構(ICPO)の新しいモダンなオフィスがあった。

インターポール・反テロ調整室(RTCN)に警察庁から派遣されている柴田幸男(しばたゆきお)警視正は、韓国警察から派遣された同僚の朴杋浩(パクボムホ)警視と連れだってオフィスを出た。ネピア・ロードにかかる歩道橋を渡り、アメリカ大使館の正門ゲートへ向かって歩く。

途中、「お宅の国はどうするの」と柴田は尋ねた。

「北の出方もあるだろうけれど、基本的には、誰の味方もせずに終わるだろう。韓国と中国の間にも領土問題はあるが、幸い暗礁地帯を巡る話だし。そっちは？」

「アメリカから誘われたら断れないだろうけれど、当のアメリカがあんな小島のために中国と正面から事を構えるとは思えない。大使館で聞いた話では、とにかくアメリカの出方次第だそうだ。それまでは目立たないよう、じっとしているのが得策だろうと。ところでわれらが室次長殿は、どうしていちいち大使館に呼び出すんだろうな……」

「それは本部のあの部屋でわれわれが怒鳴り合っているのを職員に聞かれたくは無いだろうし、毎週のように盗聴器検査が必要な建物では、フランクな話し合いはできないでしょう」

大使館の二階の小さな会議室に通されると、盗聴防止特有のブーンという低い音がスピーカーから漏れていた。エアコンの室外機のような振動音だ。

ＲＴＣＮの次長を務めるのは、ＦＢＩから派遣された黒人のメアリー・キスリング女史だ。今年四〇歳になったばかりのやり手で、このポストは彼女に取っては出世の階段の途中でしか無い。ここでそれなりの成果を上げて、さっさとＦＢＩ本部に引き揚げると広言していた。

そしてもう一人、海軍の軍人が斜め向かいに座っていた。駐在武官ではなさそうだ。

「掛けてください。こちらは、米海軍のシンガポール駐留基地の情報将校アンドリュー・リカード中佐です」

「何事ですか？　われわれに南シナ海のブリーフィングが必要だとも思えませんが」

柴田はリカード中佐の向かいに座り、軽く一礼しながら話しかけた。握手は無しだ。コロナ禍以降、握手の習慣が廃れたことは、この習慣をもたない日本人にとっては幸いだった。外国人と付き合う気苦労が一つ減る。

「間もなく、ミスター・パーミッションが来ます。それまでに結論を出す問題のために先に来てもらいました。サクラメント事件のこととか……」

朴が「ああ」と呻く。理解したという感じだ。

「まずは、リカード中佐からの報告です。お二人は、クリアランスを持っているから大丈夫でしょう。それに、じきにニュースも流れるだろうし」

「はい。数時間前ですが、台湾が東沙島攻撃の報復として、尖閣諸島に展開していた中国の海警艦五隻をミサイル攻撃し、これを撃沈しました。生存者は、おそらく全乗組員の一〇パーセント以下でしょう。救命活動を巡り、今中国政府と日本政府がやりあっています」

　そんなことになるなんて想像もしていなかったが、「それはまた急な展開ですね」と冷静な顔で柴田は応じた。

「中国側の報復は?」

「当然あるでしょうが、具体的な動きはまだ見えません」

「この戦争というか紛争が、サクラメント事件と何か関係があるのですか?」

「国務省は、カードとして使えると考えているらしいのよ。中佐は、どの程度知っているのかしら?」

「サクラメント事件について、ですか。新聞で読んだ程度です。確か、亡命ウイグル人が、中国共産党幹部の親族が経営するサクラメントの中華料理屋に武装して押し入り、たまたま客として居合わせた白人警官と撃ち合いになって双方が死亡。店の経営者を含めて四、五人亡くなったのでしたか」

「そうです。しかしこの事件には、公になっていない事実があります。ICPOは、そのテロリストの情報を事前に得ていたの。中国政府がある日、亡命ウイグル人のリストを一〇〇〇件ほどICPOに送りつけてきた。〝赤〟手配犯として」

「確か、〝赤〟は引き渡しを含む国際手配犯ですよね」

「ええ。それでICPOは、これは何だと中国側を問い詰めたら、国内でテロ行為を起こした後に国外に逃げた犯罪者のリストだと言う。ところがそんな事実は無かった。個別のケースを調べてみたら、ある共通項が判明したの。そのリストの親族、親であるとか息子であるとかが、収容所に長期間囚われていることがわかった。つまりは虜囚の家族で、海外へ逃げた者のリストだった。その事実を突き付けると、中国側は今度はこう主張してきた。これは将来のテロリスト名簿だ、と。そう遠くない将来、世界のどこかで中国の名誉を失墜させるため、テロを起こす可能性が高い者のリストであるとね。もちろんＩＣＰＯは一蹴した。この話はそれで終わったと思っていたら、しばらくしてサクラメント事件が起こった。犯人の男性は、一人息子を収容所に入れられて病気になったけど、まともな治療も受けずに殺されたらしい。ただ、ＦＢＩとＣＩＡは、この事件を疑っているの。あまりにも話ができすぎていると。北京がリストを承認させるため起こした、自作自演劇ではないかとね。現場で犯人と撃ち合って亡くなった警官には多額の借金があった。中国政府は気前よく弔慰金を遺族に出して、その借金はチャラになった。真相は藪の中よ。彼ら亡命ウイグル人が、テロ予備軍になる可能性はゼロではないわ。だから、ＩＣＰＯは注意を払っている。しかし、その捜査情報を中国に渡すかは別で、個別に判断するということになっています。その取り扱いに注意を払うべき情報が、われわれの元に届いたというわけです」

キスリング女史はパソコンのマウスを操り、ＣＮＮが点けっぱなしの背後のモニターを切り替えた。

「ハリムラット・アユップ博士、五十五歳。亡命ウイグル人のウイルス学者。——幼い頃から才能を見出され、一族から資金援助を得てウイグル大学を飛び級で卒業。サンクトペテルブルク大学に留学し、博士号を取得。その後、西側の研究機関への就職を目指したけど、ウイグル系中国人というのがネックになって断念。最終的に、イランの某研究機関にそのポストを得た」

「普通は、こういう人物は人畜無害でも国土安全保障省（DHS）のリストに載りますよね」と中佐が聞く。

「残念ながらね。彼はロシアで同じくウイグルから留学していた女性と結婚し、一人息子をもうけた。息子はモスクワ大学へ進学後、ウイグルの人権運動に身を投じ、ロシアの公安当局からマークされはじめる。ある日、行方不明になり、その半年後、ウイグルのとある収容所から母親のＳＮＳにメッセージを送ってよこした。自分は今、祖国に戻り共産主義の素晴らしい教義を勉強中で、両親にも早く祖国に帰ってきてほしい、とね。それからまた連絡がとれなくなった。生存や消息に関する情報は一切ありません。何しろ、ウイグル族の収容施設は、一〇〇万人を超える規模らしいから、一人二人が消えても情報は滅多に外には漏れない。――中国は、この博士を高危険度にリストアップしている。われわれも同様よ。一年前、彼は研究所を辞め、イランを出国したことがわかっている。行方は長らく不明だった。それがつい先月、ある場所で顔認証カメラに引っかかった。場所はアブダビ。彼は、とある豪華客船のクルーとして乗り込んだらしい。調べてみたら、彼の親族に繋がるウイグル人が他に数名クルーとして乗り込んでいることも判明した。その船は、まもなくシンガポールに入港します」

「その情報を中国に渡すことで、この戦争にどう貢献できるのですか」と朴が聞く。

「この情報はもちろん、ＩＣＰＯという国際機関を通じて中国に手渡されるわけですが、その情報収集には西側各国も協力した。まあアメリカの協力はたいしてないけれど、ここだけの話、そのアブダビの街灯カメラのネットワークは、実は国家安全保障局(NSA)の監視センターに直結されていて、そのビッグブラザーが見つけたということらしいけれど。中国はどうせこの情報がどこから出たものかは気づく。すると、アメリカがこの状況下でも、米中関係を前進させる意思があると受け取ってくれるはずだとする希望的観測があるのよ。もちろん、これだけではなく色々なチャンネルでそういう姿勢をアピールするのでしょうけれど」

「仮に、彼が何らかのテロ行為の意図をもっているとして、捜査権限は誰にあるのですか?」

「入港してしまえば、シンガポール政府が立ち入り権限を有することになるわね。旅券法違反でも何でも適当にでっち上げて、彼らを船から降ろすことはできるでしょう。シンガポール政府は、やっかいごとを嫌い、その身柄はそのまま中国政府に引き渡すことになる。——さて、RTCN理事国として、お二人の意見を聞きます」

「アメリカ政府としてすでに決定されたことに異を唱える気は無いが……」

まず柴田が口を開いた。

「まだ何の犯罪も犯していない人間を国際社会が逮捕して、その身柄を中国に差し出すわけですか? これが公になったら、アメリカもICPOも強い非難を浴びることになります」

「客船の出航は明日の夜です。予定では中国へ向かうことになっていたけれど、この状況でオーストラリア周遊に変更らしいわ。もし彼らが中国でのテロを企てていたとしたら、その計画も狂うことになる。お二人が本国に照会する時間的余裕はあります」

「うちは無理ですね。この状況下で、明日の夕方までに返事をよこせと迫っても、本国政府はそれどころじゃない。政治的な決断を下せるような状況には無い。われわれがここで決めるしかないでしょう。いずれにせよ、よほどのことが無ければ米政府の決定に異を唱えることはしないから、日本警察としては、その情報の提供に同意します。あとは、それなりの値段で売りつけることですね」

柴田の発言を受け、朴警視も言う。

「日本が同意するのであれば、韓国が反対する理由も無い。われわれも同意します。ただ、ミスター・パーミッションの株を上げるのは釈然としないものがあるが。ところで、もしそのウイグル人集団が船内に立て籠もるようなことでもあったら、どうするつもりですか」

「当然、シンガポール軍の特殊部隊が出動することになるが、いざとなれば、われわれも協力します。その準備は進めている。もし彼らの捕縛にアメリカが協力すれば、さらに恩を売ることになるでしょう」

そうリカード中佐が説明した。

「気がとがめる話ですね。ウイルス学者という経歴を考えると、爆弾テロの類では無いだろうから、厳しい措置は必要かもしれないが」と朴が言う。

「仕方無いわね。これが私たちの仕事だから。ミスター・パーミッションの人望の無さを考えると、これを手柄にしてさっさと北京に戻っていただきましょう」

その後、ミスター・パーミッションが現れるまで、モニターをCNNに戻しコーヒーを飲んで時間を潰した。

リカード中佐が退席すると、入れ替わりにミスター・パーミッションこと、RTCN代表統括官の許文龍（シュウェンロン）警視正が現れた。北京大学からソルボンヌ大学に留学したエリートで、フランス語のみならず、ラテン語もマスターしている。ヨーロッパ人より、ヨーロッパの歴史に通じていると言われるエリートだった。

　将来のＩＣＰＯを背負って立つ人物と目されていたが、本人は海外で出世するよりもさっさと国に戻りたがっている。

「ＲＴＣＮの理事国の面々が、またしても支局を留守にして、ボスである私を抜きに、こんなところでよからぬ謀議かね。私が米大使館のセキュリティ・ゲートを潜るたびに、どれだけ不愉快な思いを強いられるか察してほしいもんだな」

　許は見事なクイーンズ・イングリッシュで喋る。これは香港で身につけたらしい。ミスター・パーミッションというあだ名は、ソルボンヌ留学中に欧米人が彼のセカンドネームを発音し辛いことから、日本人のクラスメイトが、〝許〟という漢字から〝許可する（パーミッション）〟という意味で名づけたという噂だ。真偽は確かでは無いが。本人は、そのあだ名だけは気に入っているらしい。

「座ってください。あなたの分のコーヒーもあるわよ。毒は入っていない。それとも、私の席に座りたい？」

「いいえ、ここは米大使館だ。アメリカ人に敬意を表しますよ」

　そう言って、その場で一番地位が高い中国人は、さっきまで海軍中佐が座っていた椅子に腰を下ろす。

「われわれがあなたを抜きにして話し合っていたのは、事が中国に関わる機微な問題で、この情報をあなたに開示するかどうか、理事国での協議が必要だと判断したからです」

「それは全く無礼な話だな。中国の安全に関わることなら、まず私に一報があるべきだ」

「ＩＣＰＯは加盟国個人の人権も守る。けれど、中国とは人権の概念が違うみたいだから仕方無いわね。無垢の政治亡命者を片っ端からレッド手配しようとする」

　許は、それでピンときた様子だった。

「誰か引っかかったのかね？」

　一九〇センチもある長身の許は、身を乗り出して先を急がせた。

　この男――ミスター・パーミッションを一言で表するなら、傲慢な男だ。頭が良く、自分がエリートであることを隠さない。挙げ句、「自分のような人材は北京に戻れば掃いて捨てるほどいる。君らの国ではエリートかもしれないが、国に帰れば、ただの凡人の一人に過ぎない」と言ってのける人間だった。

　それはおそらくは事実だろうから、中国との付き合いはやっかいだと柴田は思っていた。

「無実の人間よ。まだ駐車違反すらしてない。それをあなたに教えたら――」

「サクラメント事件の二の舞になるぞ！　君らは未だにあの事件を中国の自作自演だと疑っているようだが」

「だからと言って、政府に不満をもつ者全員を拘束して収容所送りにすることはできません。それが文明というものです。難しい議論があったことをお伝えしておきます。この中の誰一人、中国にこの情報を与えることに積極的に賛成した者はいない。われわれがこの情報をあなたに渡すのは、第一に、ＦＢＩのプロファイルではこの該当人物は何らかのテロ行為を企んでいる可能性が高いと評価されたからです。そして第二に、国務省は中国が国際平和を踏みにじろうとしているこの瞬間にも友好の手を差し伸べて、われわれに平和を守る共通の利害があることを北京に伝えるべきだという判断を下し、あなたにこの情報を開示します」

キスリング女史は、モニターの情報を切り替えた。中国政府が発行した手配写真がモニターに映ると許は「これは――」と絶句した。

「ウイグルの、ヨーゼフ・メンゲレ！　死の天使じゃないか」

その大げさな口ぶりに、キスリングはうんざりした表情をした。

「彼は、人体実験などしてないし、もちろんまだ誰一人殺してない。そもそもメディカル・ドクターですらない」

「FBIは、彼がテロを企んでいると判断したんだろう？　ならばそれが全てだ。ウイグル族逃亡者の中でも最重要国際指名手配一〇名のリストに入っている」

「知っています。でもまだ虫一匹殺していないの。菜食主義者の無垢の人権活動家も、その中に入っているでしょう」

「どこで見つけたんだね？」

「中東よ。でも、今ここシンガポールに向かっている。豪華客船のコックとしてね」

「博士号をもつウイルス学者が、船旅のコック？ありえないな。彼がもっている知識をほしがる独裁国家がいくつもある。まあ、中国では並のレベルだろうが」

「……その客船は中国へ向かう予定だったけれど、この戦争の余波で、行き先を変更してオーストラリアへ向かうみたいです。補給もあるだろうから、明日いっぱいは港に留まり続けるでしょう」

「つまり、中国で事を起こすつもりだったなら、ここで船を下りる可能性もあるわけだな」

「その通りよ。一人じゃない。親類縁者含めて、最低でも五人のウイグル人が乗っているはずです。シンガポール政府には、われわれが中国側にこの情報を伝えたことを通告します。シンガポール政府が望むなら、われわれは制圧部隊を船内に派遣することも可能です」

「いやいや手は出さないでくれ！　これは、中国が処理する。シンガポール当局は放っておけばいい。どうせ彼らは関わり合いになりたくないだろう」

「お好きにどうぞ。これであなたも、ようやく本国に栄転できるかしら？」

「手土産としてはたいした男じゃないが、もしバイオ・テロを阻止したとなると話は別だ。当然、バイオ・テロであってほしいとは思うがね」

「ところで、モスクワから拉致されてウイグルの収容所に収監された彼の息子はどうなったのかしら？　音信不通だという話だけど」

「知らんね。まあ、生きてはいないだろう。ウイグル族の子供が街角の監視カメラに石を投げて捕まったのとは訳が違う。地元当局としても、そんな連中にだらだら無駄飯を食わせて再教育させるほどの余裕は無いだろう。拷問して仲間の情報を取った後は、銃殺したんじゃないか？　これで世界はまた一つ安全になる。気に病むことはない。君らがグアンタナモでやったことを、われわれもそっくり真似ただけのことだ。母親はスウェーデンで難民暮らしをしているようだが、父親の容疑が固まれば、われわれは当然引き渡しを要求することになる。運良くこれがバイオ・テロだったことが明らかになれば、これはＩＣＰＯの捜査共助の歴史に残るイベントになるな。キスリング女史も、めでたくワシントンＤＣに凱旋だな。君ら二人も、国に帰ったら自慢話ができるぞ。世紀のテロを防いだ立役者として、出世の道が約束されることになるだろう」

「そういうことは、彼らを確保して、実際に何かのテロ行為を企んでいたら喜ぶことにしましょうよ」

「うん、心配はいらんよ。三日も経てば、私は君らの情報提供に心から感謝し、君らは本国の上司からお褒めのメールを受信することになる。われわれは固い信頼を得て、次からこの手の集まりはＲＴＣＮの私の部屋で行われることになる」

そう言うとミスター・パーミッションは、何事かをラテン語で呟いた。

「諸君、何事も、危険なしには勝つ事はできない――だ」と英語で追加する。

それに対し、キスリング女史もラテン語で返した。

イン・デュビオ――ではじまるその言葉は、柴田も知っていた。

「疑わしきは、被告人の利益に――」というラテン語の格言だった。

第六章　消えた乗組員

桃源郷（シャングリラ）と名付けられた〝ヘブン・オン・アース〟号のボール・ルームは、三〇〇名を超える招待者が揃うまで、ステージ上で軽音楽の演奏が続いていた。

シェリル・チェン教授に率いられた中国代表団が入場した時には、少なからずどよめきが漏れた。

チェン教授はステージ脇の演壇に立つと、マイクの前で皆の注目を求める。

「遅くなって申し訳ありません。皆さん、すでに一杯入っている人もいるようだけど、改めてグラスの用意をお願いします。今夜のパーティの主催は事前に案内があったように中国政府です。資金を出したのも中国なら、その食材のほとんども香港で仕入れられました。中国からの、諸々の感謝と友好の印だそうです。本当はここで気の利いたジョークの一つも用意しておきたかったのですが、いささか不謹慎になるかもしれないので止めておきますね。私としては、この場に中国代表団が現れてくれたことに最大級の感謝の念を表明します。では中国代表団から一言、乾杯の挨拶をお願いしましょう。任（レン）提督――」

中国海軍のOBである任亜平（アピン）海軍大将が、チェン教授に軽く一礼してからマイクの前に立った。

長身痩軀で、中国の軍人にありがちな横柄な態度は露ほども無く、欧米流のスマートを身にまとった、どちらかといえば外交官肌の人物だ。

任提督は両手で演壇の縁をつかみながら、ワシントンＤＣに駐在武官として赴任していた頃にマスターした英語で話しはじめる。

「ご機嫌よう、諸君。まず、われらがチェン教授に謝意を述べたい。彼女は二年前からこの集まりを企画し、コロナ騒動にもめげずに米中両国政府を説き伏せて、日本からは資金援助を取りつけてくれた。われわれが払ったのは、今夜のこのパーティ代のみだ。それで……」

提督はここで一瞬言いよどみ、小さなため息を漏らした。

「今日は、誰にとっても大変な一日だった。ロシアのコバレフ提督からは『君らはてっきり救命艇を盗み脱出するものとばかり思っていた』と皮肉を言われたが、それに近い話は正直出た。本国からヘリを呼んで引き揚げようと。……今この海で起こっていることに、われわれはコメントする立場にはない。ただ一つ私がここで強調したいのは、今日、この戦争で失われた命は、全員、中国人だということだ。皆同じ言葉を話し、同じ料理を食べる。中国人同士で、銃やミサイルを撃ち合った。実に悲しいことだ。われわれはこういう事態を防ぎ、解決し、予防するためにここに集ったのだ。約束しよう！　明日以降の上海での予定は、何の支障も縮小も無く、スケジュール通りに挙行されると。さすがに今夜は、乾杯というわけにはいかない。われわれは長い旅路の途上にある。平和と繁栄への苦難に満ちた旅路だ。昔、私が英語を習いたての頃、香港から来ていた教師に聞いたことがある。旅を意味する英単語はいろいろあるが、それぞれのニュアンスの違いはどうなのかと。彼女は、そういうことは肌で覚えなさいとはぐらかした。今ならその意味がわかる。航海を意味する〝ヴォイジャー〟という単語も好きだ。だが今夜、私はこの言葉を使いたい。これは、平和への長い道のりだ。さあ諸君、グラスを持ってくれ。チェン教授は、ぜひ私の隣に。われらの旅路（トゥ・ザ・ジャーニー）に！——平和へと至る旅路だ」

　二人のグラスがぶつかると皆がそれに続き、拍手が起こる。胡弓（こきゅう）の演奏がはじまった。

「さあ、諸君。大いに飲んでくれ！　食材は香港の超一流ホテルに仕入れを依頼した」

　セレモニーが終わるとチェン教授と任提督は、上座の丸いテーブルに向かった。各国の最も高位の将官が座っている場所だ。

　二人は元海上幕僚長の佐伯昌明海将を挟む。

「素晴らしいスピーチでした、任提督」と、佐伯が一瞬立ち上がり肩を抱きながら握手を求める。

「いえいえ、提督。ここまでのツアーで、日本政府の顔を潰すわけにはいきませんからな」

　三人で改めてグラスを交わして腰を下ろす。

「先ほど、チェン教授から詰め寄られた。英語を話す彼女はソフトだが、北京語をしゃべり出すとなぜか性格がきつくなるところが、この先生の良くないところだね。私も現役を退いて時間が経つとはいえ、尖閣での事実を報された時には震えました。頭の中が真っ白になった。わが海軍は、なんでそんな間抜けな事態を許したのかと。あそこに我が艦隊が集結できないと見抜いたのは、提督、あなたでしょう？　あれは海上自衛隊の分析だ。ああいうことは、アメリカ人には無理だ」

「それはどうでしょうね。われわれとて二四時間、中国海軍艦艇の動きを見張っているわけではない。それをやっていたら、今回のことも事前にキャッチしていたはずです」

「奇襲は成功したが、その後はどうなることやら。

あなたがこんなに切れる人だとわかっていれば、もっと早くに親交を結んでおくべきだった」

「友情を育むに、遅すぎるということはありません」

「そう思いたいですな。日本はどう出ますか？」

「私に言えることは、二つだけです。いかなる希望的観測も抱かない方がいい。そして自分が現役の将官でなくてよかった。それだけです」

「ただの謙遜よ、任提督。あなたがたは二人とも、それぞれの出身母体に強い影響力をもつ。ここに招いたほぼ全員がね。それぞれ、未だに影響力がある人物しか招いていません」

チェン教授は、シャンパン・グラスをあっという間に空にしながら言った。

「まあ教授、箸を手にしましょうよ」

「そうね。香港からはいろいろな良い物が失われたけれど、美食の嗜みがまだ残っていたのは幸いだわ」

「彼女は旅行中ずっとこの調子で香港問題で絡んでくるんだがね、アメリカ政府が香港問題で騒いだのはつい最近のことだ。南中国海の問題にしてもそうだ。われわれが岩礁を埋め立てて基地を整備し戦闘機を降ろしてからはじめて、そんな話は聞いてなかったぞというように軍艦を派遣して、哨戒機を飛ばして事を荒立てる」

「提督、その発言は聞き捨てならないわね。でも今日はもう止めます。本当に大変な一日でした。昼食はもとよりお茶する時間も取れなかったわ。まずは食べましょう。たぶん、明日は入港前からきりきり胃が痛む一日になる。上海は今、出航を取りやめた船舶や逃げ込んだ船で一杯だそうよ」

このとき、音無誠次元一佐はロシア人を中心とするテーブルにいた。ロシア語を喋れる元軍人のテーブルだ。

　ロシア側を束ねるアレクサンドル・コバレフ海軍中将は、もうすっかり出来上がっている様子だった。ロシアのテーブルだけ紹興酒（しょうこうしゅ）やビールではなく、ウォッカが開けられていた。

「君ら西側の人間は、ロシアの戦争を荒っぽくて洗練されていないと非難するがね。私らに言わせれば、アメリカに同じことはできないだろう？　クリミアでやったようなハイブリッド戦争を、アメリカはメキシコに対してはやれない。ウクライナやシリアで繰り広げた非対称戦は、アメリカにはできない。ロシアを洗練されていないと笑うなら、中国が今やっていることは野蛮だな。野蛮そのものだよ」

「まあ、ロシア人に洗練されていないとか言われたら、中国人も良い気持ちはしないでしょうな」

「これぱかりは事実だからな。ロシアでだって、この手の戦争をやらかして軍艦が何隻も沈められたら政権はもたないぞ。いくら情報統制したところで、民衆は国外のサイトでその事実を知ることになる。たかが小島を奪い取る程度で、一〇〇〇名からの一人っ子の兵士らが戦死したという事実を民衆が知ったら、彼らはやがてその犠牲に見合う戦果をよこせと政府を突き上げることになるだろう。島を三つ四つ奪っただけでは済まなくなる。大佐は台湾単独で、この事態を挽回できると思うかね？」

「本島は守れるでしょうが、離島は無理でしょう。そんな海軍力も空軍戦力も、もっていない。アメリカが来援するまで、持ち堪えるのが関の山でしょうな」

「アメリカは出ないぞ。ご自慢の空母機動部隊なんてどこにいる？　海兵隊だって、たかだか一〇〇〇人が沖縄から駆けつけたところで爆撃機の餌（えさ）

になるだけ。そもそも、アメリカはそんな無人島のために血は流さない。だからこれは、日本を巻き込んでの代理戦争という形になるだろう」

「日本は出ませんよ。尖閣を守る戦力とて不十分なんです。とても台湾に加勢し、人が生活できない小島のために兵士の命を犠牲にするなんてことは無理です」

「だが、アメリカから命じられたら君らはやるんだろう?」

コバレル海軍中将は、音無を見つめて言った。

「絶対に無い。日本国内には、尖閣なんて無人島のために自衛官の命を懸けるなんて馬鹿げているという議論だってある。私だって、それに賛成する。ましてや他国の紛争に介入するなんて。それよりロシアはどうするんですか」

「おや、うまくはぐらかしたな。そりゃまあ、われわれが一番見たくないのはアメリカの勝利だ。だから、陰に日向に中国を支援することになるだろうな。戦いが台湾と中国に限定されるなら、その必要はないがね。さて、話を戻そう。なぜ日本が参戦するかって? 理由は簡単だ。なぜなら日本は海洋国家だからさ。あれは何といったかな、江戸だったか? 江戸という時代が終わり日本が開国して以来、日本は海洋国家の看板を下ろしたことは一度も無い。そりゃアメリカに負けはしたが、君らは速攻で造船業界を、海軍を立て直し、今日まで東アジアの安定に力を注いできた。それが日本の利益になったからだ。アメリカが退潮しようとしている今、日本は海洋国家の地位を中国に明け渡すか? 絶対に無いと私は判断している。君ら陸軍の人間は、地平線の向こうまでしか考えない。われわれ海軍は、地球の反対側のことまで考える。民主化したのに、ロシアがなぜ豊かになれなかったと思う? それなりの資源もあるのに、ロシアは北極海を氷に閉ざされ、海洋権益をついに確保できなかったからだ。ドイツはそれを持っていた。われわれがなぜクリミアを取り戻したと思うね？　海洋権益への憧れだよ。中国はわかっているのだ。太平洋から米海軍を追い出さない限り、自分たちが真の覇権を握ることはできないとね。台湾だけじゃないぞ。北京は日本に、昇龍中国に従うか、落ち目のアメリカに従属し続けるのかの踏み絵を迫ってくる。君らに選択肢は無い。中国の野蛮な振る舞いに付き合うよりは、アメリカ人のご機嫌を取っていた方がマシだろう」

「その時、ロシアはどう振る舞います？」

コバレフ提督は、唇の端を微かに上げて笑った。

「ロシアは……まあ、うまく立ち回るさ。われわれは無論、アメリカの味方はしない。だが、中国が世界の覇権を握ることを許す気も無い。荷担する気も無い。われわれが望むのは、米中がせめぎ合い、無駄なエネルギーを浪費することだ。表向きは中国をこっそりと支援し、その実、中国が望むような支援を与えることは無いんだ。どちらも、生かさず殺さずだ。まあ北海道の近くで、空軍の戦闘機がちょっかいを出す程度のことはするだろう。それで日本の航空戦力をある程度、北に貼り付けておくことができれば、中国はロシアに感謝しないわけにはいかないからな」

胡弓の名曲メドレーが終わるとアコーディオンが登場し、ロシア民謡が奏でられた。するとコバレフ提督はグラスを持ったまま立ち上がり踊りはじめる。やんやの喝采が起こった。

そこは、中国の領海内ではあったが、尖閣という戦場からは目と鼻の先でもあった。

〝ヘブン・オン・アース〟号と反航して、空母を含む中国海軍の艦隊がその尖閣沖へと集結しつつあった。

インターポール・反テロ調整室(RTCN)の面々は、シンガポール国家警察・対テロ情報局のケルビン・クエック警視と合流し、シンガポールの客船港であるシンガポール・クルーズ・センターへと向かっていた。

だが到着後、皆そこでがっかりした。どの護岸も豪華客船で一杯だったのだ。空きはなく、予定時刻になっても問題の客船が接岸する気配も無い。

沖合では、入港を待つ船舶が数珠つなぎになっているというが、それも地上からは見えなかった。

船舶航行のライブ情報サイトで確認すると、近くにはいるはずだが、護岸の船が邪魔になって全く見えないのだ。

ここで韓国人の朴机浩(パクボムホ)警視が空を見上げながら「あれに乗りましょう」と言い出した。皆、馬鹿げているとは思ったが、それが一番確実な手ではある。

後になって「そもそも、われわれがその船舶を肉眼で確認する必要があったのか」という疑問は出たが、この時は誰もそれが不必要だとは思わなかった。

日本から派遣されている柴田警視正にしても、「現場一〇〇回」――現場を見てなんぼのものだという信念からこの提案を疑わなかった。

朴が提案したあれ――ケーブルカーから見下ろせるのは、シンガポール港の見事な夜景だ。

「キスリング女史がいらっしゃるとはいえ、良い歳をした男どもがこんな時間帯に乗る代物じゃありませんな。しかも双眼鏡までもってね」と柴田が言う。

「でも、合理的ではあるわね」

スケルトン構造のゴンドラの中で、ＲＴＣＮ次長のメアリー・キスリングが応えた。

「皆さん、せっかくですからシンガポール港の夜景を楽しんでください。今夜は、いつもの三倍の船舶が犇めいているそうです。補給が必要な船は入港待ちで、補給を終えた船や荷物を降ろしたコンテナ船も本社からの指示待ちで沖合に投錨しています」

クエック警視が、自身は見慣れた夜景を見下ろしながら言う。

普段なら、歓声の一言くらい出る眺めだ。柴田は、今度家族を連れて夜景見物に来ようと思った。赴任直後、一度だけ家族で乗ったことがあったが、あいにく雨が降っていて景色はいまいちだったのだ。

「……本当に凄いな、三〇隻前後もの客船が犇めいている」

スマホで航路情報を覗く朴警視が言った。

「ミスター・パク、そんなのいいから、少しは景色を楽しみなさい。しばらく仕事を忘れても罰は当たらないわよ」

「ええ。ですがシンガポールは、どちらにつくんでしょうね」

この質問に、クエック警視が当たり障りのないことを言いかけるが、ＲＴＣＮ代表統括官のミスター・パーミッションこと許文龍警視正が先に答えた。

「シンガポールは、われわれ華人が開いた街だ。昔から北京語を標準語とする唯一の外国といってもいい。そして今や貿易、観光の最大の取引先はわが中国。もちろん、われわれはシンガポールに中立でいること以上は求めないさ。今のままのシンガポールにこそ価値がある。われわれは別にここで五星紅旗を振り回したいわけではない」

「ええ、まあ。ここには米海軍の港もあり、イギリス海軍だって空母を置こうとしていますが、基本的にはわれわれは中国に楯突くことはできませんし、するつもりもない」

クエック警視は、外交的な笑みを浮かべながら言った。キスリング女史が小さく首を振る。

「その、シンガポールは今のままであることにこそ価値があるっていう台詞。ちょっと前まで香港に関しても聞いたような記憶があるわよ」

「香港だって変わりはしない。届け出ればデモだってできる。でもメアリー、外国人がニューヨークに観光に来たら、有色人種の権利運動とか称する商店街の破壊行為を見せたいと思うかね？　香港警察は、デモ参加者だからと後ろから撃ち殺したりはしない。君らは、黒人というだけで銃を撃つ」

「……それ、黒人の私に言わないでよね」

「皆さん、そろそろ見えてくるはずです。右手奥をご覧ください」

皆が一斉に身を乗り出したので、ゴンドラが揺れた。

煌びやかな客船が犇めく沖合に、ひときわ巨大な船体が見えた。だが、舳先から船体前方の半分しか見えなかった。しかも、やたら遠い。護岸から五キロ以上は離れている。

物資補充の時間を考えると、明日中に接岸できるかどうかすら怪しい場所に停泊していた。

「あれですね。手前の船の陰から、ファンネルもちょっとだけ見えている。あれが今夜入港予定だった〝キングダム・オブ・ヘブン〟号です。一〇万トン以上もある。米空母並みですよ」

「動いていないの？」

「ええ。この航跡サイトによると、もう二時間は動いてませんね」

「船内から状況をツイートしている乗客の報告では、今夜中に接岸できるかどうかは不明。いずれにせよ深夜の乗り降りは危険なので、乗客の上陸は明日以降になる。よって今夜はシンガポールの壮麗な夜景を楽しみつつ休んでくださいと、船長からの連絡があったそうです」

「まあ、明日朝一で出直すということでいいんじゃないの？　沖合に泊まったままなら、逃げ出すこともできないんだし」

「それじゃあ駄目だ！　北京からも催促されている。抜かり無くやり抜けと」

「そうは言っても、もしヘリとか使って乗り込んだら気づかれるし、この渋滞の中で順番を飛ばして接岸させたら、国際問題になりかねない」

クエック警視が言った。そしてこう続ける。

「客船にも、保安チームはあります。彼らに拘束を依頼するというのはどうでしょうか。それなりの訓練は受けているはずです」

「連中が普段相手にしているのは酔客とかだろう。あてにはならんよ。テロリストを警戒させるだけだ。水上から乗り込むのはどうだ？」

「これから船を手配するとなると、深夜です。日付が変わってからになります。クルーの不信を招くだけですよ。本当に彼らがテロを企んでいるなら、ブリッジ周辺にも仲間はいるでしょうから。深夜の臨検自体、前例がないでしょう」

「そうだ、こういうのはどうですか」と、柴田が口を開いた。

「臨検ではなく、検疫ということにするんです。コロナ禍の後で、各国とも防疫にはセンシティブになっている。普段でも検疫には時間がかかるのに、港湾業務が滞留しているせいで入港待ちの船舶には更に迷惑をかけることになる。だからこうして深夜にもかかわらず各客船を回り、検疫の手順を説明して回っている。こんな時間だが今のうちに片付けられる作業を行っておけば、明日入港したらすぐに乗客を降ろすことができると言うんです。……向こうは不愉快にはなりますが、不審には思わないでしょう。それだけシンガポールがインバウンド確保に熱心だと解釈するだけだ」

「さすがだ。それでいこう！　この手の悪巧みを考えさせたら、日本人は一流だね。日本からはまだまだ学ぶところがあるよ」

ミスター・パーミッションがそう誉めた。

「では申し訳ないが、クエック警視。すぐ船を用意してくれ。皆さんはどうします？　ここから先は、中国とクエック警視だけでも間に合うが……」

「法的根拠は何なの？　船長権限で、クルーの部屋の捜索くらいはできるでしょう。でも簡単にはテロの証拠が見つかるとは思えないわ」

「吐かせますよ。すでに連中を連行する特別機がこちらへ向かっています」

「一応、立ち会わせてよ。それは私だって、ウイルス学者がコックをしているのは怪しいと思うわ。でも、どこからみても無実の人間を拘束して中国に送還したことが後でバレたら、メディアから袋叩きにされる。少なくとも、確かに怪しいと思えるだけの心証は得たいわ」

「アメリカ人やフランス人を連行するわけではない。これは中国の国内問題です。舞台が海外というだけで」

「それでもよ！　日本と韓国は異論あるかしら？」

「そのボートというかランチは、船酔いする前に降りられますよね？」

朴がそう聞いた。柴田は「次長がそう仰るのでは、日本としては異論はありません。支持します」

と言う。

「では、そういうことで。捕縛は、クエック警視の対テロ部隊に依頼するということでいいわね？　いえ、もちろん、中国の特殊部隊がこの街のどこかに潜んでいるだろうことは知っているけれど」

「問題ありません。公明正大にやってのけましょう！」

許は自信ありげにそう言う。

明日の朝にはテロの証拠を見つけて、犯人と一緒に迎えの旅客機に乗せている。それとも、自分も同行して北京に戻った方が、党幹部の受けがいいだろうかと、そう考えながら。

この夜の中国主催のパーティは、当初は二時間の予定で組まれており、バンド演奏もその時間分のプログラムが用意されていたが、急遽九〇分に短縮されることになった。

演奏家たちはまた船倉へ潜り、防音が施された練習室へ引き揚げた。そして楽器の手入れを行う。今夜はこの後、クラブでの演奏を控えた演奏者もいる。

艶やかなチャイナドレスを着ていた浪川恵美子は船の備品である胡弓をロッカーに仕舞うと、着替えのために自室へといったん引き揚げた。

その間、是枝飛雄馬は、自分のバイオリンの弦を調整し、弓の松脂（まつやに）を落としにかかる。毎回それをする必要は無いが、儀式みたいなものだ。

一本数十万の弓だ。プロオケに正式採用が決まったら一〇〇万円する弓を記念で買うつもりだったが、それは叶わぬ夢になった。

恵美子がシックなドレスに着替えて姿を現す。化粧も少し変わっている。今日の最後の仕事は、クラブでの生演奏らしい。

「浪川さん、胡弓なんか弾けたんだ……」

「ただの嗜みよ。あなただって、あと二つ三つの楽器はこなせるでしょう？」

「でも人前で披露できるような腕前じゃないよ」

「コロナ禍の前、インバウンドで日本の高級ホテルが賑わっていた頃に、小さなカルテットに所属してホテル回りしていたの。そのうち、胡弓は弾けないのか、バイオリンと同じだろう？　とビオラを持っていたら中国人に言われたの。それで、悔しくて練習したんだけど」

「そういうところあるよね。負けず嫌いだ」

「さあ、譜面を用意しなくちゃ」

「これさ、プロの仕事なのかなぁ？」

「あら。私たちの稼ぎは、時給換算すればコンビニのバイトより遥かに良いし、あなたのプライドを引き裂いた例の出前のバイトよりは安定しているはずよ」

「確かにね。あれはなんていうかさ、自分との戦いだった。すれ違う人間の侮蔑と哀れみに満ちた眼差しとの戦いで、それはそれで苦痛だったけど。でもこういう仕事って、音楽への冒瀆だと思わない？」

「神は、モーツアルトと同様にレッド・ツェッペリンにも愛情を注いでいるの。音楽に貴賤は無い。この指で稼がせてくれる神様に、今夜も感謝するだけ。そういえば神様といえば、ムスリムのクルーと、さっき楽屋裏で少し話したのよ。みんな英語は片言なんだけど、ロシア語を喋る人が一人いて、たぶん一番高齢というか、ベテランの人かしらね。聞いたら、ウイグルから脱出してきたんですって」

「凄いね。ロシア語も喋れたんだ」

「ええ。中学時代に個人レッスンを受けていた先生がロシア人で、モスクワにも年二回、レッスン目的のショートステイ留学していたから」
「へぇ、お金持ちなんだね！」
「普通のサラリーマン家庭よ。でも私の父母は、私の音楽に惜しみなく投資してくれたわ。恩返しはできなかったけれどね。私の才能は所詮、音大レベルだった。何かこう、突き抜ける資質には欠けていたのよね。……それでロシア語を喋るそのウイグル人なんだけど、みんな今夜のシフトは断ったんだけど、北京語がわかる人間は少ないからって特別手当を飲んで渋々出たんですって。それとわかっていればグラスに下剤くらい入れてやったのにと笑っていたわ。面白い人たちよ。今度、お昼ご飯でも誘ってみましょうよ」
「退屈な日常をクリアするにはいいかもしれないね。もうじき日本に戻れるとは言え。僕は今度生まれ変わったら、楽器を弾くユーチューバーになるよ。プロオケより実入りがよさそうだ」

ここでマネージャーが現れ、準備を急かされた。休憩時間はほんの三〇分しかない。

先ほどのパーティは三〇分短縮された。ということは休憩時間は本来ならその三〇分を足して一時間はあるはずなのに、変だと是枝は思った。

ようやく船内を迷わず歩けるようになっていたが、もうすぐ陸に上がれる。それも祖国にだ。

またこの手の航海に誘われたら、迷うだろう。思っていたほど酷くはなかったが、優雅な船旅など送れない。

事実、船に乗り込んでから、自分の肉眼で海を見たことなど一度も無かった。

港湾事務所のタグボートに乗って出港すると、思ったり波が大きかった。その波は自然が起こすものではなく、大型船の移動に伴い発生する波だとやがてわかった。小さいものの、時々三角波も発生しボートが翻弄された。

間近で見る豪華客船は、どれも聳(そび)えるような高さだ。コロナ以前のシンガポールでは、この手の客船が毎日十隻単位で出入りしていて、インバウンドの重要な稼ぎ頭であった。

目指す〝キングダム・オブ・ヘブン〟号が近付いてくる。碇(いかり)は降ろしていないようだ。

最近のアジマススラスター付きスクリューをもつ船舶は、碇無しに定点に留まることができる。しかし長引くようなら碇を降ろすだろう。燃料の無駄遣いになるからだ。

タグボートが客船の背後から近づく。上から非常用のタラップが降りてくるところだった。非常用とはいえ、このサイズの船になると普通の昇降階段に見える。

まず出入国管理(イミグレーション)のパーカーを着たクエック警視が、警察特殊部隊を率いる隊長とともに梯子に飛び乗り船内に消えていく。人払いした場所で船長に話をつけにいったのだ。

乗組員も大半が寝た後だろうから、目的のクルーの部屋まで案内してもらえれば、あとはこちらで片づけると交渉する予定だ。

話が長引いたのか、それともブリッジを往復するための時間がかかっているのか、二〇分以上も待たされた。

揺れるボートで全員気分が悪くなった頃、ようやくウォーキートーキーで「オール・グリーン！　上がってきてください」とクエック警視の呼びかけが入った。

まずはイミグレーションに化けたＲＴＣＮの面々が、続いて全身黒装束姿の特殊部隊兵士一個分隊が静かに上がる。

一等航海士の肩章を付けた南欧系の人物が道案内となるようだ。船内は深夜モードで照明は最低

レベルまで落としてあった。出歩いている乗客もいたが、皆男性で酔っているようだ。

乗組員専用（スタッフ・オンリー）のプレートが貼られたドアを開けると、クルー専用の階段が見える。手すりはあるもののステンレス製で、急な階段だ。間違いなく、一〇階分は下る。地下に例えるなら、何層分潜ることになるんだろうかと柴田は思った。

ようやく乗組員居住デッキに出ると、シャワー帰りの乗組員たちとすれ違った。驚いた表情は無い。

特殊部隊員は、まだ階段に留まったままだ。一等航海士がメモを見ながら部屋を探す。航海士でも迷うような巨大迷路なのだ。こんな場所で逃げられたら、船を解体でもしない限り探し出せないと不安に思った。

いよいよ目的の部屋を見つけた一等航海士がドアを開け中に入る。だが、すぐに「間違えた」と言いながら出てきた。

しばらくメモと部屋番号を睨めっこした後、近くのインターカムに寄り、ブリッジを呼び出してやりとりをはじめる。

メモに間違いは無いようだ。この六人部屋に、五人のウイグル人らがホテル部門の乗組員として居住していたのだ。

一等航海士は部屋の電気をつけると、しばらくここで待っていてくれ、何かの手違いがあったようだと言って出ていった。

部屋の中はがらんとしていた。部屋の両サイドに三段ベッドがあるが、マットレスが三つ折りされたままだ。シーツも何もない。六人用あるクローゼットも開けてみたが、空だった。

柴田は車のキーホルダーについているLEDライトを点し、ロッカーの底を照らしながら指の腹でなぞってみた。うっすらと埃がつく。

「この部屋は、少なくとも一ヶ月は使われていないな。昨日今日荷物をまとめて空にした部屋じゃない」

「でも、使われていないというのは不正確なようね」

キスリング女史が、ベッド下に足を入れて掃くような仕草をすると、避妊具の空き袋が数個出てくる。

「ああ、なるほどね……。それ用の部屋だ」

許がクローゼットの引き出しから、大きな×印が描かれたA４ペーパーとマグネットを見つけた。

「使用中はこの紙が外からうっすらと見えるように、磨りガラス上から貼り付けておくわけか」

「統括官殿は変なことにお詳しいですな」と、クエック警視が誉めた。

「こういうのは、西側世界では一般教養だと思うがね。……いったい奴らはどこで降りたんだ？」

一等航海士がホテル部門の責任者を連れて戻ってきたのは、三〇分も経ってからだった。

チーフ・マネージャーだと名乗ったインドネシア人は、ブロークンな英語でタブレット端末を操りながら応じた。

「これ、乗ってないね。今は乗ってない。幽霊クルーだ」

「どこで降りた？」

「わからない。クアラルンプールか、その前のプーケットか、もっと前のスリランカかもしれないけどね」

「どうしてわからないんだ？」と、許が苛ついた声で聞く。

「わからない。こういうことは船ではよくある。乗組員、良く消える。煙みたいに、シュと。仕事、きついね。楽じゃない。だから接岸した途端、乗客のふりして逃げ出す奴もいる」

「そんなはずはないだろう。君らは給料だって払わなきゃならないのに。何より人手不足になっては困るだろう」

「そう。乗っていないクルーに給料を払うことは、昔は良くあった。昔、良い時代ね。景気が良かった時代には、人手不足は困った。でもコロナの後は仕事があるだけマシ。乗っているはずの人間が乗っていなくても、なんとかやっていけるから誰も気にしない。むしろ、時給を上げさせる理由になるから、皆探さない」

「誰に聞けばわかる？　支配人か、それとも船長を呼ぶしかないのか」

「船長、運航のことしか知らない。支配人は、ホテル部門全般のことしか知らない」

「でも、君も知らないというんだろう。誰に聞けばわかるんだ。これは国際テロ事件で、ここにいたはずの人間を急いで探し出す必要がある。彼らはテロを企てているんだぞ！」

「怒鳴っても、消えた人間戻らない。これ、船籍はキプロス。船の運航会社はロンドン。このツアーを募集した会社は、シンガポール。お客を集めたのは世界各国の旅行代理店。そしてホテル部門やエンターティメント部門の労働者も、世界中から集めている。でもまあ、最後にそれらの労働者を一人一人審査して労働ビザの手配をしたのは、イギリスの人材派遣会社だから、知っているとしたらそこかな。私もそこで雇われた」

「君は管理職（エクスキューティブ）ではないのか？」

「もちろん、私は管理職！　ただし、航海の一回ごとに会社側と契約している」

要は、管理職といえども、非正規従業員として人材派遣会社から派遣されてきたのだと柴田は理解した。

「ロンドンは、まだ昼前か……。乗っていないことは確かだね？」

「料理部門に確認しました。そのメンツは見ていない。このツアーは客の入りが今一つだから、必要なかったと言ってました。アブダビを出た時から乗っていないかったのかもしれない。珍しくない。全然珍しくない。船の仕事は、過酷。出港直前になって怖じ気づいて、船に現れないまま逃げ出す乗組員も、毎回必ず出る。それも、一人二人じゃない。だから、クルーはそういう脱走を見込んだ編成で組まれている」

クエック警視は、いったんチーフ・マネージャーを外に出した。

「……人種差別するわけじゃないが、こういうところの管理職はイギリス人などが務めているんだとばかり思っていた。あげくに船長はイタリア人だろう」

「それ、明確な差別です」

「イタリア人は信用ならん！　ヨーロッパで真っ先に共産中国に靡いたんだぞ。そんな国を信用できるか」

許は、他人事のように詰る。

「アメリカの情報当局は、彼らがこの船に乗り込んだことまでは確認してないんでしょう」朴が聞いた。

「そこまでは。おそらく船員名簿に載っていたから、そう判断したというだけのことでしょう。でも、彼らがなぜ船に乗らなかったのか。あるいは、何か他のミスが生じたのかはわからない。その、ロンドンのカンパニーに聞いて何かわかればいいけど、まずはいったん引き揚げましょうか。もしアブダビを出ていたとしたら、それから何日も経っている。捜索するなら、戦略を練り直さなきゃならないわ。もう日付も変わったことだし、スコットランドヤードを通じてその会社に状況を照会するとして、今日はいったんお開きにしましょうよ」

キスリング女史は眠そうな目をしてそう言った。

「いや、まずはその会社の返答を待とう。いったん米大使館に引き揚げて――」

「RTCNのオフィスではなく？」

「うちにはまだ通信部門がない。米大使館の方がはるかにまともな通信ができるでしょう。インターネットも、RTCNの一〇倍は速い」

「了解。部屋を開けさせるわ。でも、どうせ空振りに終わるわよ。――その該当者たちは記録上では船に乗り込んだことになっている。乗っていなかったとしたら契約違反だが、当社は一民間企業に過ぎず彼らを探す術などもっていない。それは警察の仕事である。そう言われるのがオチね」

「仮にそうなっても、やるべきことをやる。テロが起こった後では遅い。半日の遅れが命取りになるかもしれない」

「そこは同意します。捜査官としての基本原則よね。テロは予防が第一で、われわれはそれを未然に防ぐために存在する。じゃあ、さっさと陸に戻りましょう。空振りだったとはいえ、久しぶりに現場に出た感覚に戻れたわ。ねえ、みんな」

「全く同意します。久しぶりにわくわくした。書類仕事だけでなく、たまにはこういう仕事もいい」

柴田が頷くと、朴も「素晴らしい夜景も堪能できたし」と言った。

一行は特殊部隊を従え客船を離れた。船が移動するたびに、大きな波が起こって小舟を翻弄する。

中台間が落ち着かなければ、さらに面倒なことになりそうだとこの場の皆が考えていた。

東沙島の台湾軍海兵隊陣地では、珊瑚礁を掘り返し塹壕を拡大する作業が夜通し続いていた。ただ、それを妨げるものがあった。

沖合からの艦砲射撃だ。終わる気配は無い。部隊は、すぐ対応したはずだった。発射された砲弾が着弾するまでにはしばらく時間がかかる。見張りが沖合に瞳を凝らし、パッと光ったらベニヤ板で作った太鼓（たいこ）を鳴らし警報を発するという仕組みを整えた。

警報があったらあらゆる作業を止め、塹壕の中でひちすら身を低くして耐えるのだ。

だが、これは非常に堪えるものだった。まずは眠れない。敵の砲撃は散発的で、いつ撃たれるかがわからない。

さらに、兵士たちに疲労と恐怖が伝染していた。意味をなさない叫声が林の中に響き、自殺するための銃声が聞こえてくる。

陳智偉（チェンヂーウエイ）大佐は自殺防止のため、各自銃からマガジンを抜くように命じるしかなかった。そうすれば、たとえ暗闇で自殺しようとしても、マガジンを装塡する時のガチャガチャという音に周囲が気づいて阻止できる。

そして大佐は、情報参謀の呉金福（ウージンフー）少佐がノートに綴っている地図を見た。暗くなってからはじまった過去六時間の砲撃の時刻と、だいたいの着弾場所が記してある。

「何か、変化や傾向はあったかね」

「いえ。見事にばらけてます。一時間に一五発前後。五分間隔かと思ったら一分と間を置かずに撃ってくる時もありますし、ラグーンに外したと思ったら塹壕の直前が狙われる。唯一わかっているのは、敵はわれわれを潰滅させる気はないということです。砲撃で睡眠を妨げて、こちらが根を上げて白旗を掲げる瞬間を待っているのでしょう」

「これっぽっちの面積なら、艦砲射撃だけで林を禿げ山にできるよな」

「ええ。それでも塹壕の多くは無事でしょうけれど。第二次大戦における米軍の島嶼作戦でもそうでした。塹壕やトンネルに立て籠もった日本軍は、ほとんど無傷だった。それにしても、ここは狭すぎますね。珊瑚でできた土地は素手では掘れないし、掘れたと思えばすぐ海水が湧き出てくる。……味方は、来ますかね」

「いや、当面は無理だな。近くで交戦している気配もないし、大規模な作戦があればそれに呼応して戦うよう命令がくるだろう。あるいは、それまで持久しろと。頑張れとしか言えないということは、そういう状況だ。今すぐ手持ちの艦隊を全艦集結させたとしても、この島を囲む敵艦隊には無力。空軍が一矢報いてくれるかとも思ったが、この海域ではそれもないらしい。釣魚台で海警艦を何隻か沈めたところでなぁ」

「第一報を聞いた時には興奮しましたけどね。さすがにこの状況では……。この攻撃をあと二四時間続けられたら、兵士の神経はもたないですよ。砲撃だけではありません。血の臭い、糞尿の臭い、そして硝煙の臭いが塹壕を漂ってきますし」

「君は大丈夫かね？」

「自分はまあ、自由に移動できますし、部下がいるうちはふんばれます。一人でも多く家族の元に返さないと。それに、私も娘のもとに帰るんです。こんなところでは死ねません！」

少佐は胸に下げたペンダントを叩いた。ロケットの中に、愛娘の写真が収まっていることを陳は知っていた。

「それより、しばらくお休みになってはどうですか。大佐が寝てくださらないと、われわれも寝られません。そこで寝ていた者が言うところには、耳栓をした上でさらにイヤーマフをすれば、着弾音もさして気にならないそうですよ」

塹壕の底には、浸水に備え何ヶ所か簀の子が置いてあった。それを屋根代わりにしたり、壁に端を埋め込んでベッドにしたものもできていた。

陳は、眠れる者は少しでも寝ろと命じていた。時々、砲撃による土塊が降ってくるが、銃を抱いたまま腰を壁に預けてうたた寝するよりはましだ。

「本当にいいのか」

「大丈夫です。兵には箝口令を敷いておきますから。われわれはもう二四時間起きて、戦い続けています。いざという時、指揮官にはクリアな頭脳でいてほしいですからね」

「じゃあ、ちょっとだけ。一時間で起こしてくれ」

「はい、二時間経ったら交代しましょう。自分もそんなにはもたないですから」

「そうしてくれ――」

陳は言われた通り、耳栓を詰め直した上でヘッドホン型のイヤーマフを被ると、弾薬ケースの上に置かれた簀の子の上で横になった。

ほんの五〇センチ上には、カムフラージュ用のバラクーダ・ネットが垂れ下がっている。

腕組みをした陳は、五分後には鼾を立てて寝入っていた。

眠っていないという意味では、上陸して攻める側の解放軍兵士の方が徹夜続きだった。

とりわけ指揮官連中は大陸部沿岸を出て以来、もう三日間は横になっていない者もいた。

第164海軍陸戦兵旅団を率いる姚彦少将と参謀長の万仰東大佐もそうだった。

そこで旅団作戦参謀に就任した雷炎大佐が交代で睡眠を取るよう提案し、最初に万大佐を休ませた。指揮所から離れた静かな場所で、持参したインフレーティングマットを広げて耳栓をするよう伝える。

姚少将は、辛そうな顔をしていた。林の中に設けた野戦指揮所で、キャンバス地の折り畳み椅子に座り何度も舟を漕いでいた。味方艦船の砲撃は必要ではあるが、味方部隊の安眠も妨げていたのだ。

「そのまま寝ても構いませんよ、将軍。万大佐を起こすまで、ほんの三、四〇分ですから」

雷は、頑張って起きていようとする将軍にそう呼びかけた。

「……君は、眠くはないのかね」

「ええ。自分は昨夜の作戦開始時には、ぐっすり熟睡できるほど暇でしたから」

「君が羨ましいよ。なんで軍隊にいるんだ。民間でもその才能を発揮できただろうに」

「自分は、組織に馴染めるような人間じゃありません。お世辞の言い方は知らないし、営業成績の上げ方にも関心はない。軍隊は、出世さえ捨てれば居心地の良い場所です。組織はあまりに巨大で、目立たずに過ごせる。陸戦隊にきたのは、間違いでしたがね。前の上官が私のことを嫌い、わざとこんな部隊に飛ばしたんです。転属願いは出したのですが……」

「そりゃ無茶だ。配属されてまだ一年経ってないだろう。もうしばらく我慢してもらわんとな。ここは軍隊だ。それともこの戦争が終わったら辞表を書くかね」

「もし私の希望を聞いてもらえるなら、どこかの研究所へ推薦してほしいです。この戦争に関して論文を書きますので」

「私の判断ミスは、冒頭にくるんだろう」

「将軍だけの責任ではありません。昨日この島で起こったことは、我が軍の傲慢な姿勢が招いた悲劇です。それはそうと、もうしばらく起きているおつもりなら、夜が明けたら上級司令部に提出する通信文に目を通してもらえますか？　将軍の名前で通信することになりますから」

雷は、ぎりぎりまで輝度を落とした軍用のタブレットを将軍に手渡した。少将は、時に苦虫を嚙み潰したような顔をし、時にため息を漏らしつつ首を横に振りながらそれを読んだ。

「こんなのを北京のお偉方が読んだら、姚彦は初の実戦に出てすっかり腑抜けになったと勘違いされるぞ……」

「われわれは事実として勝っており、包囲された敵に反撃の手立てはありません。それを殲滅するとしたら、さらに中隊規模の犠牲は避けられないことを強調してあります。中華神盾艦一隻分の乗組員を越える犠牲です。それで構わないと北京が言ってくるとしたら、彼らは馬鹿です。馬鹿な上に、無責任だ。ということは、この戦争に勝ち目は無いということです。兵士の命を蔑ろにする国が勝った試しは、ほとんどない。最近だと、ソヴィエトくらいでしょうね。ドイツも日本も敗れた。八路軍は、負傷兵の手当は日本軍より優れていたと聞きます。その伝統を守ってこそ勝てる戦いでしょう」

「君の哲学を理解してくれる将官や党幹部がいてくれることを祈るね」

ここで万仰東大佐が、予定より三〇分早く起きてきた。

「熟睡できたかね？」

「ええ。あの防音ドームというやつですか、たいしたものですね。多少暑くなることを我慢すれば、イヤホンなしでも十分眠れました。将軍も早くお休みください」

「敵の指揮官も寝ていると思うかね」

「向こうは、叩き起こされてまだ一日ですからね。もう半日くらいはもつでしょう」

「寝てますよ、間違いなく」と、雷が否定した。

「どうしてそう断言できる？」

「敵側に優秀な参謀がいれば、必ず指揮官を休ませるからです。そしてこれまでの敵の出方を見る限り、敵の指揮官も参謀も一つも判断ミスはおかしていない。つまり、優秀だということです。だから指揮官は今寝ています。夜明けまでは、何の攻勢も無いと言うことですね」

「もっともな解釈だな。では、交代するとしよう。私が起きたら、今度は雷大佐、君が寝るんだぞ」

「はい。遠慮無くそうさせてもらいます」

「それとこの通信文は、参謀長殿にも添削してもらってくれ。私はどうも頭がまともに回っていないせいか、どこをいじればいいのかわからない」

姚将軍は、ふらつきながら立ち上がると、疲れた足取りで寝所へ向かっていった。

昨日はきつい一日だった。

圧倒的に勝っている側としてもきつい一日だったことを思えば、敵はもっと疲弊しているだろう。

いや、これは何かの希望的観測、願望というやつだ……と、雷は脳裏に浮かんだ考えを否定した。

こちらは半日以上、揺れる舟に運ばれて上陸した。敵は、ドンパチがはじまるまでは、ベッドで寝ていたのだ。

敵の方が、まだ元気だと考えるべきだろう。

第七章　マーフィの法則

　海上自衛隊鹿屋基地――。

　第一航空隊司令の伊勢崎将（いせざきたもつ）一佐が管理棟の司令室に顔を出すと、第一航空群司令の河畑由孝（かわはたゆたか）海将補と首席幕僚の下園茂喜（しもぞのしげき）一佐が、壁に貼られた東シナ海の地図の前に立って額を寄せ合っていた。

「ああ、すまんね。こんな時間に」

「いえ。まだまだこれからでしょう。それに、今一番忙しいのは整備の方です。飛ぶ予定が無かった機体を、徹夜で整備しているんだから」

「そうだな。補給品の請求はしてある。優先して届くだろう。いろいろと動きがあった」

「副隊長も呼びますか」

「君から報告してくれればいい。ブリーフィング・ルームを幹部が留守にするのはまずい。本来なら私が説明に行ってもよかったのだが、微妙な話もあってね……」

　二人は、伊勢崎に空間を空けて地図が見えるようにした。

「今は、三機がオン・ステーションか？」

「いいえ、四機目が上がったばかりです」

　伊勢崎は、それぞれの哨戒機のおおよその現在位置を指で指し示す。

「北の方はともかく、尖閣沖はリスキーだな。……米軍からの要請で、那覇の連中はバシー海峡の西側まで出張（でば）っているらしい。指揮所に出向いても、その情報はマスクされているんだ。石垣（いしがき）を過ぎると、ふいにスクリーンから情報が消える。それに、あくまでも噂だが、爆装を要請されたそうだ」

「それ、巻き込まれますよね。うちが中国艦隊を攻撃しろと言われたら、断れるんですか？」

「いきなり現場同士で、そういうやりとりにはならんだろう。うちはまだ丸腰だ。準備はするが、武装して飛び立てという命令は無い。ただ、まあ夜明け以降の任務に関しては、対潜魚雷や爆雷の搭載を前提としようか。いつそういう話になるかわからないから。それで、那覇の部隊が下がってくる。もし日中海戦となれば、那覇はあまりにも大陸に近すぎる。ミサイル一発で空港は使えなくなる。半分くらいは鹿屋まで下げさせたいとのことだ。うちは広いから、それは問題無い。整備部隊も全国からかき集めて、ある程度寄こしてくれることになったし」

「それは自分がどうこう言える問題ではありませんが、しかしここだって中国に相当近いですよ」

「それを言うとなぁ。では、岩国なら安全なのかという話になるし。それと、こちらが本題なんだが、これは米海軍からの要請だ。もう少し西を飛んでくれということらしい」

首席幕僚がとんとんと、その位置を地図上で叩いた。

「冗談でしょう……」

「グアムから、トライトン無人機が飛んでいるんだが、雲が張ってきて、パッシブ・センサーでは沿岸部が良く見えないようだ。そこで、うちに哨戒機を飛ばしてくれと言ってきた。具体的には、中国海軍の空母二隻の居場所がつかめないそうだよ」

「米軍でも、そういうことがあるんですか」

「今の米軍の戦力を思うと、突然はじまった戦争で、そう急にはあれこれ動かせないだろうからな。そこは同情するしかない」

「そうはいっても、無人機のトライトンだってレーダーは装備してますよね？　無人機は危険だから行かせられないが、一〇名以上乗っている海自の哨戒機が、危険を冒してレーダーで探るのは問題無いんですか」

「中国は、無人機のトライトンを躊躇いなく撃墜するだろうが、人が乗っている哨戒機なら追い払う程度で済むだろうという算段だ」

「お偉方は、そんな都合の良い話を真に受けたんですか。これは、何かの罠ですよ。われわれを人身御供にして、日本を中台紛争に参加させようという」

「そうで無いと言えば嘘になるだろうな。だが、東京や横須賀でどういうやりとりがあったかは、われわれは察する程度のことしかできん。ただ命令に従うまでだ」

「もちろん、安全確保に関しては、いろいろ考えている」

首席幕僚が続けた。

「まず尖閣エリアに出る時は、必ず僚機を伴う。単機では飛ばない。空自の早期警戒機の監視下で飛ぶのは当たり前だが、空自部隊にも護衛を依頼する。解放軍の不信を招かない距離で、われわれを見守ってもらう。事前にフライトプランを調整するため、互いに調整官を派遣し合うことにした。うちには、新田原から人が来る。那覇では、誰かに空自の指揮所に入ってもらう」

「わかりました。つまりやられても、仇は討ってもらえるということですね？」

「そういうことだ。だが、われわれが犠牲になることを誰かが望んでいるわけじゃない。事実として、米軍も空母を見失いつつあるんだろう。だいたい二隻目の空母〝山東(シャンドン)〟にしてからが、ついこの前まで公試中という情報で、配備される戦闘機部隊の名称すらわかっていないんだ。それがいきなり尖閣に向かってくるなんて信じられるか」

「東沙の戦いで、自信をつけたのではないですか。台湾空軍機が、試しにハープーンを撃ったら全部叩き墜されたという話をCNNが流していたそうじゃないですか。それなら、自信をもつでしょう」

「機密情報だが、事実だよ。だが、飽和攻撃と呼べるほどのものでもなかったらしい。うちだって飽和攻撃ができるだけのミサイルは持っちゃいないがね」

ここで伊勢崎は踵を揃えて姿勢を正した。

「あと一〇〇〇万、いえ、二〇〇〇万の特攻を出せば、日本は必ず勝てます！――てな話にならなきゃいいですけどね」

「……それ、よりによって鹿屋基地で笑えないぞ。とにかく、君たちの懸念は承知している」

「君たちだけを行かせはせん！　必ずや後に続く！　でありますね」

「頼むから真顔で言うなよ。護衛をつけるなら、イーグル一〇機くらい繰り出せと上申しておく。行ってこい」

伊勢崎が敬礼して出ていくと「あいつ、あんな奴だったか？」と、河畑は目を白黒させながら言った。

「いえ、長い付き合いですけど、どうしたんですかね。もしものこともあるので、周囲に注意しときます」

「そうしてくれ。それで、護衛艦隊が先んじるんだよな？」

「はい。ただイージス艦は、どうですかね。ようやく屋久島（やくしま）沖あたりのはずです。艦隊行動としては、うちの方が集結が速いという程度に理解した方がいい。たしか空母〝遼寧（リャオニン）〟は、青島（チンタオ）の辺りにいたはずですから」

「うちだって、ニュースを聞いて五分で出航できたわけではないだろうからな。安全だと思うか？」

「海警艦とはいえ、一挙に五隻も沈められたんです。誰かに復讐したくて、うずうずしていることでしょう。戦闘機ならすぐ逃げられるが、哨戒機ではそうもいかない。中国海軍の先鋒から、それなりの距離をとるようにしましょう。挑発したと誤解されるおそれがある」

普通なら、電波傍受で位置がわかるはずだ。だが、かなりの数の艦艇が無線封止状態で移動しているようだった。

中国海軍は、年々賢くなっている。

すでに数だけではなく、外洋型海軍に成長していた。

シンガポールの米大使館の一室では、豪華客船から引き揚げたインターポール・反テロ調整室（RTCN）の面々がテーブルにつき、眠気覚ましのコーヒーを飲んでいた。

大使館は、こんな時間帯にもかかわらず人の出入りがある。それだけ中台の紛争は、アジア諸国に深刻なショックを与えてるのだ。

「地面がまだ左右に揺れているみたいだ……」

船酔いした朴机浩（パクボムホ）がそうぼやく。皆、こんなことになるとは予想していなかった。中国側に身柄を引き渡して、人道的な取調べをするよう勧告して終わりだろうと思っていたのだ。

イギリス側にはすでに状況が報告され、

ロンドン警視庁（スコットランドヤード）の対テロチームが動いているということだった。

　そしてイギリス政府の配慮で、その人材派遣会社へと向かう制服と私服の警官隊の様子がライブカメラで送られてきた。キスリング女史の背後のモニターに、制服警官が身につけているボディカメラの映像が映し出される。

「アメリカでよくやっている、警察二四時みたいな感じだ」と朴が言う。

「日本でもよくやっているよ。視聴率がとれるから、積極的に協力している。視聴率で脅せるので、放送局は警察の不祥事に甘くなる。あれは良い広報になるんだ」

「場所はどの辺り?」と、許文龍（シュウェンロン）警視正が聞いた。

「ロンドンのシティの近くね。良い場所だわ。というか儲けているのね。オフィスの賃料はそれなりのはずだけど」

　だが警官隊は、その煌びやかな金融街からどんどん筋道へと入っていった。見窄（みすぼ）らしいというほどではないが、ロンドンではありふれた、築半世紀を超える中層のアパート街へと進んでいく。

　音声も聞こえるが「ここで、間違い無いのか」と戸惑いの声だった。

　警官がうす暗いビルの中に入っていくと、一瞬、カメラがブラック・アウトした。画像が蘇った瞬間、それを見ていた全員が「ああ……」と落胆のため息を漏らす。

　壁一面に、ありとあらゆる会社の名前が貼られた郵便箱が並んでいたのだ。一〇〇近くはある。

「やられたな。ここはペーパーカンパニーだ。会社の実態が無いか、別の辺鄙（へんぴ）な場所に事務所があるか……」

　許が舌打ちする。

「でも、ウェブサイトを見る限りは、しごく普通

Embassy Of
The United States
Of America

よね。全世界の客船にホテルやエンタメのスタッフを派遣して、最近は、コンテナ船の乗組員の派遣ビジネスもはじめた、とあるけど」

キスリング女史がパソコンの画面を覗き込みながら言った。

警官たちは、管理人を探して動き回る。そのうち、アパートの住人らしき人物を見つけた。東欧系の老人で、この時間帯は管理人はいないと言う。会いたければ、近くのケバブ屋に行けとも。そこでバイトをしているらしい。

警官の一人が、鍵のかかった郵便箱を工具を使ってこじ開けはじめた。別の制服警官は、強引にその老人の右腕をつかみ「すぐにそのケバブ屋に案内してくれ」と頼む。

またパトカーの車列が動き出した。今度はサイレンを鳴らす。

すぐ近くと言っていたが、実際は地下鉄駅二つ分離れていた。テムズ河も渡る。対岸のバラ・マーケットの近くに、観光客向けのケバブ屋のキッチンカーがあった。

「大げさじゃないのか。別に容疑者でもないのに。いずれは登記簿や何やらで情報は得られる」

朴が、大捕物になっていく捜査を批判した。

「……美味しそうね、あのケバブ」

キスリング女史は、そうモニターを振り返って言った。

しばらくすると、アラブ人が黒いバンに引き立てられてくる。後部座席で私服警官が「これちゃんと映っているよね、音声ＯＫ？」と聞いているのがわかった。

カメラの正面に迷惑顔のアラブ人が映る。

「だからさ、俺はあの仕事は嫌なんだよ。この前も、児童ポルノの転送先がどうのこうのと警察に嫌みを言われたけど、うちは送られてくる文書類に関しては、契約上一切関知しないんだから」
「最悪の場合、テロの共謀罪に問われることにな
る。君はただ知っていることを教えてくれればい
い。この会社のことは知っているか？」
　私服警官がタブレット端末で、その人材派遣会
社のサイトを見せた。
「船会社でしょう？　船会社というか、そこに労
働者を派遣する会社。昔は、確かあのシティの近
くにそこそこの大きさのオフィスがあったらしい
よ。会社のロゴを覚えている。ところが例のコロ
ナ騒動で事業が傾いて、いったん倒産させたんだ。
その後にサウサンプトンに子会社という形で会社
を立ち上げて本業はそこでやっているって聞いた。
信用の問題とかあるから、登記や何やらはうちの
アパートになっている。コロナの後に五〇社は入
れ替わったけど、みんなそんな感じだよね。ロン
ドンの賃料はあまりにバカ高いから、地方へ脱出
して再起するんだ。でも信用は大事だから、本社
の住所だけはロンドンに置いておく」
「連絡先はわかるか？」
「アパートに帰れば、管理人室のロッカーに書類
があるよ」
「わかった、こっちで探すよ。もう行っていいぞ」
「令状とかあるんだろうね？」
「煩い！　管理人室の鍵をよこせ。それともドア
を爆破されたいか？」
　アラブ人はキーチェーンから管理人室の鍵を外
して手渡した。
　車列は、再びサイレンを鳴らしてテムズ河を渡
る。アパートの管理人室に雪崩れ込み、溜まった
郵便物を仕分けする段ボール箱と、契約者の連絡
先が書かれたファイルをロッカーから押収した。
ファイルはその場で開いて、サウサンプトンの事
務所の名前と住所を特定する。

本部からは、それをカメラに見せろと連絡があったようだ。ＲＴＣＮ全員も、自分のスマホをモニターに向けて写メを撮った。

　後は、イギリス政府が引き続きやってくれるだろう。キスリング女史はモニターをパソコンに接続させて、その住所を検索して地図を出した。

「子会社というのは、何でしょうね」

「債券の取り立て逃れだろう。実際は本社そのものだが、いち子会社に過ぎないから、コロナの時の負債は引き継がずに済むという絡繰りだよ」

　柴田が朴に説明した。

「サウサンプトンって、何か聞いたことがあるな……」

「一九一二年、タイタニック号はここから出航した。昔ほどじゃないが、いくつかのクルーズ船はここを母港にしている。パリ留学時代に、一度観光で行ったよ。寂れた港町という記憶しか無いが」

　許がそう解説する。

「ハイストリート……。わりと港の近くかしら」

　ストリートビューに切り替えてしばらく移動していくが、本当に寂れた街という印象しか無かった。低層のオフィスや飲食店が軒を連ねている。不動産価格的には、かなりお手頃だ。

「地元警察はすぐ動いてくれるでしょうけれど、どうします。もうお開きにする？」

「スコットランドヤードからの電話一本で動くでしょう。別にボディ・カメラとか期待しないから、このまま報告を待ちましょう。ただ、社長なり誰か幹部が捕まったら、音声だけでもリアルタイムで聞きたいな」

　キスリング女史が「了解しました。要望を伝えてきます」と、席を離れて部屋を出ていく。

「まあ、捜査ってのはこんなものですよ。国境を跨ぎ、地球の裏側まで捜査の網を広げていることを考えれば、むしろスピーディに動いている方だ。アラブ首長国連邦も、出入国のデータを洗ってくれるだろうし。この徹夜仕事は報われます」

柴田は、あくびをかみ殺しながら、許と朴を励ました。

「わかっている。ただ、何か振り回されているような気がしてね」と、許が呟く。

「まだ起こってもいない事件を阻止しようと動いているんです。それにしては、われわれは良くやっています」

「自分で言うのも何だが、私には捜査の実務は向かない。犯人の帰りを待ってアパートの前で何日も張り込むなんて、非効率だから止めろと思っている。現場仕事の警官を、心から尊敬するよ」

キスリング女史が戻ってくると同時に、サウサンプトン警察が事務所に到着した。携帯経由で、そのやりとりの音声が中継される。

すでに夕方の終業時刻を過ぎていたが、マネージャー格の女性がまだ一人残っていたらしい。声のトーンからすると、四〇歳代に思えた。

「今、洋上にいる御社が手配したホテル従業員に関して、社長もしくは取締役クラスと至急話したいのだが」と警官が話しかける。

「ああ、それはちょっと難しいわね。社長はプライベートで今それどころじゃない。ナンバー2は二人いたけど、一人は先月突然辞めて、もう一人は市場開拓を兼ねてアメリカにいます。二日前、ヨセミテ公園の写真をメールで送ってきたけれど、特にスケジュールは決めていないから探すのは無理ね。もちろん、メールも通じない。バッテリーを喰うだけだって、携帯の電源も切ってあるはずよ」

「アメリカももう夜明けだ。電話してください。

あと、社長のプライベートとは何ですか」

「これがオメデタなのよ！　デニスは――社長のデニス・コップスね。二度目の結婚をしていて、その奥さんが産気づいて急いでロンドン行きの電車に飛び乗ったの。私は今日はお休みだったのだけど、それで突然呼び出されて……」

「ミセス、貴方は勤続何年くらいですか？　ここのパソコンにアクセスできますよね？」

「私は、コロナの直前まで五年ほど勤めました。家族の介護があって辞めた後にコロナが起こって会社が倒れて……。まあ、私は幸運だったわ。その後しばらくしてデニスに誘われたの。以前ほどのサラリーは出せないけど力を貸してくれないかと。ほら、コロナとEU離脱のダブルパンチで、たいした仕事もないから引き受けました。もちろんパソコンにはアクセスできるけど、たいした情報は出せません。私のレベルのアクセス権で見ることができるのは、契約労働者の緊急時連絡先程度です。個人情報を見るのは、取締役レベルのアクセス権限とパスワードがないと」

「でも、知っているのでしょう」

「いいえ。デニスはとにかく働き者で、この不況下でも頑張っている。誰より早く出社して、自分で鍵をかけて会社を出る。だから、他の人間がパスワードを知る必要はないのよ。正直、デニスがいないせいで、私はさっきからてんてこ舞い。会社のことは忘れて奥さんの元にいろと電話で励ましたけど、ちょっと途方に暮れていたのよね。事務所を閉めて帰ろうにも、鍵がどこにあるかすら聞いてないんですから」

「では、すぐに社長の携帯にも電話してもらえませんか。このパソコンのデータを確認する必要があるので」

「それが、鍵のこともあるし、用事もあってさっきから何度も電話しているんだけど、電源が落ちているのかバッテリーが尽きたのか繋がらなくて」

「なるほど。私も女房の初めての出産では、いろいろパニックを起こしましたよ。病院の名前はわかりますか？　あるいは、コップス氏に何かあった時の緊急連絡先とかは」

「実はもう一人の取締役というのが、デニスの元の奥さんの弟さんで、互いが緊急連絡先になっていたんです。そういう関係だから、奥様の携帯番号とかは誰も知らないんです。私が知っているのも、ロンドンの本宅の住所くらいで。本当にお役に立てなくて申し訳無いけど」

警官が内心冷や汗を掻いているのが手に取るようにわかった。携帯の音声が途切れると、許が開口一番「このやり方では駄目だ」とテーブルをこつこつ叩いて、キスリング女子に訴えた。

「何だか、マーフィの法則みたいよね。悪くなることは確実に悪くなる……。ロンドンの住居を突き止めて近所を訪ね歩き、周辺の産科病院を片っ端から洗って――」

「メアリー、これはテロだ！　それも、人類を絶滅しかねないウイルス・テロが仕掛けられる可能性が高いんだぞ。こんなやり方じゃ、駄目だ。別のアプローチ、劇的な手法をとるべきだ。すぐあのパソコンをネットに繋いで、われわれに操作させろ。パスワードを突破して、全ての情報にアクセスできる。民間レベルの鍵なら、三〇分もあれば突破可能だ。中国人にやらせるのが嫌なら、スコットランドヤードが自力でやればいい。ＣＩＡでも構わないぞ」

引かれたカーテンの隙間の向こうが、うっすらと白くなっていた。もう夜明けが近づいている。

「この手法がスピードに欠けるということは認め

ます。状況を深刻に捉えるべきだということにも同意します。少し時間をください。調整してみます」

キスリング女史は再び部屋を出ていった。

「しかし、出産なら仕方無いですよね。それくらいの緊急性はある」

「ああ。ちょっと不運な状況が続いていることは事実だ。一週間かけて構わないなら、たいした障害ではないんだが」

朴と柴田も、ため息を漏らした。

「しかし、信じられないな。何千人も雇用し世界中に派遣している会社が、こぢんまりしていると いうか、こんなシステムで回しているなんて。世界中で、中間層が脱落するわけだ。会社はやたらと小さくなり、労働者はみんなパートタイム。お金はどこに消えたんでしょうね」

「皮肉だね、朴さん。共産主義より圧倒的に優れているはずの自由経済、資本主義なのに、マンハッタンや東京の一等地のビルやアパートメントを買い占めているのは、遅れているはずの中国人だなんてさ」

朴が反論は譲るという顔で柴田を見遣った。

「まあ、反論も無くはないが、止めておきましょう。貧者の僻みに聞こえるから」

「いや、ミスター・シバタ。ぜひ聞きたいね」

ここで許が会話に入ってきた。

「一つ言えることは、中国はその資本主義のシステムを最大限に利用して繁栄してきたということです。資本主義市場の果実を、中国が――」

「独り占めしている？」

「いや、私は経済のことは知らないから、そこまでは言いません。むしろ、中国繁栄のおこぼれをもらい再生を図っているのが今の日本ですから」

「韓国も同じです。中国人がソウルで落としてくれるお金には、赤い色などついていない。われわれは、さらに歓迎しますよ」

「そういう癖に君らは、アメリカと手を切ろうとしないよな？　われわれは別に共産主義なんて時代錯誤な代物を輸出して、世界を支配したいなんて思ったことは一度もないがね」

キスリング女史が戻ってくるまで、今度は時間がかかった。すでに四〇分ほど経過していた。外は、もうすっかり明るくなっていた。

その後、キスリング女史は一人の大柄な白人女性を連れて戻ってきた。

「紹介するわ。イギリス大使館のマリア・ジョンソン氏よ」

「ごめんなさい、皆さん。お化粧を直す暇も無くて……。お互い、徹夜仕事だったようだけど」

許はオーバー・アクションで驚いてみせた。

「なんと、オーバーロード！　こういう形であなたと会うことになるなんて……」

「ミスター・パーミッション。意外に早くご挨拶できましたね」

二人は外交的な握手を交わすと、キスリングを挟み着席する。

「オーバーロード？　はじめて聞きます」と、柴田が説明を求めた。

「日本はファイブ・アイズのメンバーではないから知らなくて当然だな。彼女こそは、大君主（オーバーロード）のコードネームをもつＭＩ６極東統括官さ。南はオーストラリアから北は極東ロシアまでが、彼女の指揮下に置かれる。……あなたとは初対面だが、部下の皆さんとは、ずいぶんお付き合いさせてもらいました」

「その件なら、確かにあなたがここに着任直後、しばらく尾行させてもらったことは事実です。でも、あなたの執務室に二週間おきに盗聴器を仕掛けているのは、われわれではありませんから。ところでお会いする機会があったら、ぜひ聞きたいことがあったのです。本省のチャイナ・ウォッチャーは、あなたはきっと香港に赴任するだろうと考えていたのに、シンガポール赴任となった。それを知った時、驚いたそうです。ラインを外されたとは思えません。北京の意図がわからない」

「さすがＭＩ６だ！　私のような公安の下っ端までフォロー・アップしていたとは。しかしそれは、たいした理由ではありません。本国でもいろいろ噂は立ったらしいですがね。私は、もちろん香港赴任を希望していましたよ。手柄を立てる絶好のチャンスだ。だがその時の上司が、お前はフランス留学までして金がかっている。万一、香港でヘマをしたらお前を推した全員に累が及ぶから、平和な場所で大人しくしていろと言ったんです。今でも、残念に思っています。自分ならもっとうまく立ち回れたのに、と」

「そうだったのね。後日、ロンドンに報告書を送っておきます」

「あなたも、香港の後始末で徹夜を？」

「ええ、香港支局の店じまいで忙しかった」

「一人、著名な元学生運動家が行方不明になったと聞いていますが」

許はここで探りを入れた。眉毛一本の動きも見逃さないぞという視線でジョンソンを睨むが、相手は百戦錬磨のスパイ・マスターだ。

「さあ？　今の香港では、理由もなく突然、民主活動家が行方不明になるから、聞くべき相手は北京ではないのかしら」

「さあ、ジャブの応酬はそのくらいにして、本題に入りましょう」

キスリング女史が二人を遮る。

「状況は聞いています。イギリス政府として、最大限の努力を約束します。メアリー、チャンネルを切り替えてちょうだい」

　二人は、以前から顔見知りのようだと柴田は思った。モニターのチャンネルが切り替わると、ブルーバックの映像で一人の白人男性の顔が映し出される。モニターの上にカメラが付いている様子で、男性はキーボードを叩いていた。まだ三〇歳代前半に見える。

「キッチン・クリップ、状況を教えて」

「はい。すでに、会社のシステムと回線は繋いであります。ただ、ドラマのようにはいかないと思ってくださいね。システムは、アメリカのクラウド・サーバーを利用しており、ログイン情報もその中にあります。従って、表玄関から入ると必ず弾かれる。バック・ドアを作っていますが、ここはわれわれの間ではセキュリティが強固なところとして知られていて、まだ侵入できたという情報はありません。幸か不幸か、今は個人レベルでもこういう強固なクラウド・サービスを使えるようになりました。良い時代になったということですね。それでこういう場合、人間が動いて令状をもって出かけるのが確実なのですが、ご存知のように、アメリカ東部は今は深夜です。作業はもちろん継続中ですが、一番簡単なのはその社長を探し出して、パスワードを聞き出すことですね。そうすれば、一発で入れます」

「どのくらいで突破できそうなの？」

「お隣の協力も仰いでいますから、いつかは入れます。二時間とは言えませんが、四時間あれば十分です」

　お隣とはＮＳＡのことだなと、全員が目星を付けた。

「わかりました。引き続き頑張って。いったん、オフラインにします」

回線が切れると、マリア・ジョンソンが「一眠りする時間はありそうよ」と告げた。

「いや、時間は大切だ。われわれはおそらく、とてつもなく大きなテロ計画を追っているのだ」

「同意します。完全に同意するわ。スコットランドヤードは今、全力をあげて社長が向かったという病院を当たっています。その主犯格のハリムラット・アユップ博士に関しては、どの程度の情報があるのかしら」

「ウイグル時代の情報は、ほとんどない。少年時代は、とにかく頭が良かったと評判だったようだ。将来を嘱望され、村の期待を背負って大学に入り、ロシア留学まで果たしたが、国を裏切った」

「それ、ユダヤ人科学者がナチスを裏切ったみたいな話に聞こえるけれど、今は止めておきましょう。彼がイランで何を研究していたかご存じ？　彼はイランの国立感染症研究所で、免疫を研究していた。実は、アメリカはこの研究所のことを生物兵器研究所だと疑っていて、何度もスタックスネット型の攻撃ウイルスを送り、研究所のシステムを麻痺させました。実態は、何の害も無いごく普通の感染症研究所だったけどね。何しろアメリカという国は、相手がイランとなると頭に血が上る性質だから。それで、もちろん研究レベルは知れている。西側でいえば、名も無い地方大学のレベル。システムをハッキングして得た情報をざっと眺めて無害と判断したので、捜査は終わりました。ですがメアリーから今回の事件の概要を聞き、すぐにお隣に報告しました。もう少し調べてくれないかとね。——これは、コロナに関する話です。COVID-19。知っての通り、イランは被害が大きかった。感染者数も死者数も、その正確な死者数は今もわからない。イランを見舞ったタイプは、欧米のものよりさらに強力なタイプだったのではないかという噂もあった。アユップ博士は、ウイルスが免疫を破壊するメカニズムを研究していた。判明したのは、ここまで。何しろ研究所のシステムをウイルスが破壊したせいで、彼の研究成果を含め、何がわかったのか、どういう研究をしていたのかのデータも残っていないの。ＮＳＡはその情報の復元を試みるだろうけど」

「では、彼はより強力に変異させたコロナ・ウイルスを持ち歩いている、ということも？」

「そこがポイントです。コロナのワクチンは完成しつつある。もちろん、全てのタイプに効くワクチンの完成はずっと後でしょう。彼が、中国への復讐を考えるなら、その技術を、コロナではなく何か他の細菌やウイルスに仕込んでいるのかもしれない。結核菌や肺炎球菌。あるいは、インフルエンザとかね」

「アブダビに姿を現した理由は？」

「そこは、まだこれからよね。誰かの協力を得るためなのか、同志と集う場所として適当だったのか。それとも、周辺各国の研究施設に協力者がいたか……。中東各国との捜査共助を考えると、こちらは時間がかかるでしょう。それこそ月単位の」

「何か理由があったはずだ！〝キングダム・オブ・ヘブン〟が中国へ行くとわかっていたから、彼らは乗り込んだはず。本当はまだあの客船に乗っているんじゃないのか？」

「仮にそうだとしても、接岸はしていないし、周囲をパトロール・ボートが監視しているから脱出もできない。必要なら今日もう一度、乗組員デッキを捜索させましょう」

キスリング女史が提案した。

「そうしよう。彼らは自由に荷物を運び込むことができて出入国管理も甘いから、豪華客船の乗組員に化けようとしたはずだ。きっとどこかにはいる。都市部に隠れているとは、どうも思えない」

「そうね。こんなに手こずるとは思わなかったけれど」

「……メアリー、アメリカ大使館のキッチンって、二四時間営業よね」

ジョンソンは本当に疲れた表情をして聞いた。

「ええ。ここはそれなりの規模だから早朝でも誰かいると思うけど。みんなも、何か食べる?」

「トーストにスクランブル・エッグなんて贅沢は言わないから、ピザ一切れとティーバッグの紅茶をちょうだい」

「了解です」

「私はRTCNに戻るよ。本国に状況を報告しておきたい。テロリストを連れ帰る予定の専用機も空港で待機させたままだ」

「そうですね。われわれも、本国のオフィスが開く頃だ。報告を入れておいた方がいいでしょう」

柴田は、許に同意するように言った。

「じゃあ、マリア。われわれはキッチンに行って、冷蔵庫を漁りましょう。システムの中を覗けたら、すぐ連絡します。情報がそこから出ようが出まいがね」

「そうしてくれると助かる。われわれはまあ、自分のオフィスで寝させてもらう」

統括官の個室ほど豪華ではないが、柴田も朴も衝立で囲まれたソファ付きのデスクが与えられている。さすがにそこで寝たことは今日まで無かったが。

柴田は、東京に報告を入れた後、二、三時間は眠れるだろうと思った。

一方、朴は今回の柴田の立ち回りの見事さに感嘆していた。互いに、ミスター・パーミッションが嫌いだと明言している。ああいうエリート風を吹かせ、おまけに事実として頭が良い奴は好きになれないと。

だがいざ捜査会議となると、柴田はそんなことはおくびにも出さず、かと言って直接的なお世辞を言うわけでもなく許を立てた発言を繰り返した。

あれは見事な処世術だと感心していた。


特殊部隊《サイレント・コア》を率いる土門康平陸将補は、チェストこと福留弾一曹を習志野基地の自室に呼び、壁際のソファに座って書き上げたばかりの文書を読むよう命じた。

現在、CNNがいろいろとスクープを飛ばしている。海警艦が尖閣沖で被弾し、何隻か沈没したらしいということで東京からの中継も入っていたが、日本政府は「コメントせず」の姿勢を貫いている。

だが遂に、NHKが午前八時前に「海警艦五隻が沈没の模様」という臨時ニュースのテロップを流した。

「これ、もう送ったんですよね？」と福留が言う。

「ああ、英訳ソフトに流し込んでブラッシュ・アップして送信した。爺さんは朝が早いから、もう読んだはずだけどなぁ。でもあの人、タブレット端末とか操作できんのかね？　送信先は一応、外務省の事務官宛にしといたけど」

ここでガルこと待田晴郎一曹が現れて「報告します」とタブレットの画面を見せた。

「航跡追跡サイトによると、〝ヘブン・オン・アース〟号は、まもなく上海港に入港します。ただ港が少し混雑しているので、接岸は予定時刻より少し遅れるとのことです」

「了解した。このまま出港しない方がいいよな。上海は、戦場に近すぎる」

土門はチラっと視線を上げて言った。

「……あの、それと変な噂が立っているのですが、うちの小隊長殿は結婚なさったのですか？」

「らしいな。もう書類一式揃っているらしい。例の案件だ。だから突っ込むな、詮索するなと皆に命じろ。普通に振る舞え。落ち着いたらパーティでも開いてやれ」

土門は開かずの金庫を指さしながら言う。

「宇宙人では、ないですよね？」

「さあな。似たようなものかもしれん。俺もかかわったはずなのに忘れているから、もう一切考えないことにした」

読み終わった福留が「問題無いでしょう」とタブレットを机に置く。

「中国軍部隊の精強さが伝わる内容です」

「だろう？　じゃあ本件はこれで終わりだ。海警艦撃沈のニュースは、たちまち中国のネットを駆け巡る。すると状況は一変する。今のうちに寝ておくよう、みんなに伝えてくれ。いったん出動となったら寝る暇は無くなるからな」

二人が出ていくと電話がかかってきた。上海にいる元上官からの国際電話だった。

「土門、ロイヤル・クラスの朝飯は凄いぞ。俺たちの部屋なんて、飛行機のエコノミーの飯みたいにレンジでチンしたやつが届くんだが、ここは正装したコックがベランダで、しかも目の前で目玉焼きを作ってくれるんだ。パンもその場で焼き上げる。それに銀食器だ！　俺らの朝飯は、プラスチックのナイフとフォークなのにさ」

「だからベランダじゃなくて、バルコニーですよ。じゃあ今は佐伯さんの部屋ですか？　私が送った論文は読みました？」

「ああ。今その件で電話をかけた。一応これ、自衛隊というか日本を代表して読み上げるんだが、こんな内容でいいのか？　〝呉淞（ウースン）上陸作戦〟なんて、お前これ、上海事変の黒歴史だろうが」

「何言ってんですか。上海事変なんて、何から何まで旧日本軍の黒歴史ですよ」

「だってさ、ドイツ軍顧問が構築した陣地のチェコ製機関銃に向かって、ひたすら銃剣突撃を繰り返したなんてまぬけな話、誰が信じるんだよ」

「いいんです！　島国の軍隊は、銃剣突撃が大好きなんですから。英軍も、ついこの前のアフガン戦争でだって銃剣突撃をやらかしてるんですから。陸自だって、未だに演習の仕上げは銃剣突撃じゃないですか。でもこれは、黙っててくださいよ。中国に知られたらマズいことになる。軍事科学も戦術もあったもんじゃない精神論なので。でも、ホストは喜んでくれますよ。事実として、あの時の中国軍は恐ろしく強かったし、日本軍は日露戦争時代の戦術論で戦ったんですから。よく七年間も戦ったもんです。そら日本は負けるだろうとは思いますけどね。昼までにパワーポイントで、地図や記録写真も送っておきます。だいたい、なんでそんなスピーチを引き受けたんですか？」

「陸の出身は俺しか乗っていないし、上海寄港の記念にぜひにと、中国側からのリクエストがあったんだ」

「まあ、昼間は市内観光を楽しんでください。その船は当分上海を動けないとは思いますけどね。以上、終わり！」


受話器を外務省の事務官に返した音無は、バルコニーの椅子に座ったまま、近付いてくるタグボートを見ていた。隣では、佐伯海将が土門の書いたスピーチ原稿を読んでいる。

「わたしゃ上海事変の歴史には疎（うと）いんだが、面白く書けているじゃないか。今夜のスピーチは、セミナーじゃなくて上海の歴史を学ぶためのある種の余興なんだから、肩の力を抜けばいいと思うよ」

「原稿を読むだけなら、提督閣下でもいいんですけどね」

「いやいや、そこはやはり陸軍の人間が読まないと、戦史の機微が伝わらんさ」

短い間隔で豪華客船が行列を作っている。

本来ならこの船も行列に並び、入港は午後の予定にずれ込むと聞いていた。

しかしそこは中国代表団が、権威に物を言わせてほぼ予定通りの入港ということになっていた。

第八章　上海寄港

反テロ調整室(RTCN)の面々は、探していた社長が見つかったという報せを受け、すぐにRTCNビルを飛び出した。結局、一時間も寝る時間は無かった。

米大使館の一室に辿り着いたまさにその時、スコットランドヤードのテロ対策チームが病院に辿り着いたようだ。

警官のボディカメラが病院の廊下を映す。看護師がその格好では困ると言ってきて一度押し問答になったが、探していたデニス・コップス氏が分娩室から自ら出てきてくれた。手術着のような格好に、マスクもしている。

すぐに私服警官が手短に事情を話しながらタブレット端末のモニターを見せて、ログインIDとパスワードを打ち込むよう指示した。

「それをやったら、戻っていいんですね？　ちょっと、もう、いよいよなんで――」

「ええ、もちろんです。ご協力に感謝します」

カメラは、デリバリー・ルームというプレートがつけられた部屋を映す。

柴田は分娩を〝デリバリー〟というなんてここではじめて知った。ピザの宅配じゃあるまいにと一瞬思ったが、口には出さない。

「それで、知りたい情報は記録のあるホテル・スタッフが、船に乗っていなかったということですよね」

シンガポール米大使館と音声回線を繋いだ状態で、キスリング女史が直接「そうです。そのシステムのミスか、何か他に原因があるのかを知りたいのです」と問いかけた。

「どうかなぁ。実際、乗り組み予定だったスタッフが怖じ気づいて、直前に逃げ出すということはしょっちゅうある。うち程度でも、常時五〇〇〇名前後の労働者を派遣していますからね」

コップス氏はしばらくタブレットを操作していたが、首を左右に傾げながら言った。

「……これは、変だな。雇用契約書の写真もあれば、確かに〝キングダム・オブ・ヘブン〟の乗船名簿にも載っているが……。そうだ！　確かこの船は、姉妹船と一緒にアブダビに入っていたはずだぞ」

すぐに別の船の乗船名簿を検索しはじめる。

「ああ、あったあった！　わかりました。こっちに乗っていた。これは私のミスで、私の責任だ。ゴースト・メンバーは、彼らだけじゃなかった。これ、たまにやる操作ミスです。ダブル・ブッキングをやらかしたせいですね。この〝キングダム・オブ・ヘブン〟には、〝ヘブン・オン・アース〟という姉妹船がいて、この二隻は前後してアブダビからツアーをスタートさせました。ただ、〝キングダム〟の方は客の集まりが良くなくて、先方から人員を減らしてくれないかという要請が直前にあったんですよ。逆に〝ヘブン・オン・アース〟の方は、国際会議団が乗船したことでホテル部門がちょっと人手不足に陥った。だからスタッフを急遽〝ヘブン〟の方に振り分けたんだ。……個人カードをいったん〝ヘブン〟に移した後、〝キングダム〟から別途削除するんです。移動すれば一回で済むだろうと言われるでしょうが、移動に失敗した時にファイルが行方不明になるのが怖くて、私は昔からこう作業しているんです。ただこの時には作業量があまりに多くて、削除は後でやろうと思ってしまい、そのままになったんでしょう。希(まれ)にあります。何しろ、すべて手作業なので」

「その〝ヘブン・オン・アース〟号は、今どこにいるのですか?」

「われわれのサービスは、航海そのものにはタッチしないので口出しもフォローもしないのですが、確か中国沿岸部を航行中のはずですよ。そろそろ上海に着くんじゃないかな……」

　ここで突然、ドアの向こうから赤ちゃんの元気な泣き声が聞こえてきた。

「え――!」

　慌ててコップスがドアを半開きにして覗き込む。

「あらら、産まれちゃったよ。さあ、お巡りさんも入って! 　せっかくだから、入って入って!」

　警官は一瞬どうしたものか迷ったようだが、結局は分娩室に入っていった。そこには、汗だくの母親に抱かれた新生児がいた。

「元気な男の子よ」と看護師が笑顔で言う。

　米大使館の一室でも、皆が拍手していた。キスリング女史が、コップスに呼びかけた。

「ミスター・コップス! 　インターポールを代表して、ご協力に感謝を申し上げます。また同時に、ご子息が健やかに成長し、素晴らしい人生を過ごされることを心から祈っております! 　ありがとう。本当に、ありがとう」

　だが回線が切れた途端、全員が現実世界に戻った。

「さて、ミスター朴(パク)、急いで航路情報を!」

　許文龍(シュウェンロン)はスマホを出して本国に電話しようと準備をはじめた。

　朴が航路情報をスマホの画面に呼び出すが「マ

ズい。手遅れかもしれないが、どうかな」と漏らした。

「ちょっとデータを遡ります」

「オーバーロード、北京語もそこそこ話せますよね」

「喋れる、という次元ではないわ」と、マリア・ジョンソンが言う。

「あなたは上海の港湾事務所に電話してください。あとは私が話します」

許は本国の上司が電話に出ると、べらぼうな早口で喋った。

接岸したなら、せめて船内の乗客乗員の下船を止めなければならない。ただ一人の下船も許されないのだ！

柴田が検索し見つけた長江フェリー埠頭の代表番号に、ジョンソンが自分のスマホから電話をかける。誰でもいいから偉い人に繋げと言うと、すかさずそのスマホを許がひったくるように手にして、これまた早口の凄みのある口調で上司を出せ繋げと脅した。

何度か同じ台詞を繰り返していた。「チベット」という単語だけが聞き取れる。

「今脅しているところだ……。ただちに言うことを聞かないと、貴様らを一族郎党まとめてチベットの標高四〇〇〇メートルの村送りにしてやるとな」

「接岸はした？」と、キスリング女史が尋ねた。

「今作業中で、間もなくタラップを渡すということです。その船は感染している。誰も近づけるな、決して降ろすなと命じていますが」

「間に合うことを祈ろう」

喧噪の中、柴田はそう言うしかなかった。

音無は、朝食後も引き続きバルコニーの上から接岸作業を見守っていた。

　部屋の奥では、佐伯が背広にネクタイを絞めている。護岸には、花束を持つチャイナドレス姿の面々が整列していた。中国海軍のブラスバンドの一団も見える。

　これから、国際会議団を歓迎するセレモニーが予定されているのだ。日本側からは、佐伯が代表して花束をもらうことになっていた。

「私はまだ、あの癖が抜けなくてね」と、佐伯が部屋の中で口を開く。

「艦長として護衛艦に乗り込んでいた頃からさ、入港して舫いを投げた瞬間、異様に眠くなるんだ。とにかく艦長というのは寝る暇がないだろう？　しかも呉にせよ横須賀にせよ、あの混雑の中で入港しなきゃならない。さすがに舫いを投げた後にトラブルが起きることはまず無いから、そこで緊張の糸が一気に切れて眠くなるんだ。この客船の船長も、きっと今そんな状態だと思うな」

　港湾局の車が現れると、作業員の近くで止まった。投げられた船首側の舫いを作業員が拾いに走ろうとすると、ウォーキートーキーを持った職員がそれを制するのが見える。舫いは、地面をずるずると滑って海面に落ちていった。

　職員はさらに船に向かって両手を挙げ、明らかに近づくな、という動作をした。

　しばらくすると、船の震動も変わった。

　佐伯も「うん、なんだ？」と言いながらバルコニーに出てくる。

「アジマス・スラスターの出力が上がったぞ。接岸目前でそんなことをしちゃ、護岸に激突するだろう」

「接岸はしないみたいだ」

　音無が指さす方角から、パトランプを回したパトカーが二台飛ばしてくる。港湾局の職員は、護岸で待機していたブラスバンドやチャイナドレスの女性たちに「下がれ！　下がれ！」と合図していた。

「いったい、何が起こっているんだ？」

「どうやら、この客船に接岸してほしくない事態が発生したようですな」

船は、そこからしばらく動こうとはしなかった。護岸まで、ほんの一〇メートルというところで止まったのだ。


ハリムラット・アユップは、船尾最後部にあるクレー射撃デッキにいた。ウォーキートーキーで、ブリッジを制圧したという報告が届く。できれば避けたい事態だったが、これも想定内だ。

海面に垂らされたロープに、両手にグローブをはめた若者がぶら下がろうとしていた。ゴーグルにボンベも背負っている。

「頼んだぞ、ハミール！」

「伯父(おじ)さんも。世界が目覚めることを祈っています」

そう言うと、若者は静かに水中へと消えていった。

「さて、みんな。しばらくは誰も乗ってはこないだろう。われわれは、そろそろゲストのランチの準備にかからなきゃならないぞ」

保険は二重三重にかけてある。何もかも手遅れだと、アユップはほくそ笑んだ。

当局は数歩出遅れた。われわれの勝ちだ！

しばらくすると〝ヘブン・オン・アース〟号はゆっくりと護岸を離れ、沖合へと向かいはじめた。

ありとあらゆる公船がサイレンを鳴らし追尾し、包囲し、停船するよう命じてきたが、この船はあまりにも巨大だ。ぶつかったら、一巻の終わり。

行く手を阻むことなど、誰にもできない。

豪華客船がシー・ジャックされたというこの事実は、しばらく伏せられた。

そのせいで、上海のロック・ダウンには更に時間を要する結果となったのだ。


第一航空群第一航空隊のP－1哨戒機二機は、まだ暗いうちに離陸した。目指す尖閣沖までの飛行時間は八〇分だ。

中国側を刺激しないため、最初は日中中間線よりも東側を飛んだ。フライトプランの作成には、普段の三倍の時間を費やしている。

常に、航空自衛隊の早期警戒機に見える範囲内で飛び、イーグル戦闘機も常時四機が護衛につくことになった。

哨戒機の飛行時間は長い。彼らがオンステーションで飛んでいる間に、イーグル戦闘機は最低でも四回は交代する必要があった。

コクピットの左側機長席に座るのは、すでにP－3Cで一五年のキャリアをもつ梅田博臣三佐だ。副操縦士は、P－1からスタートした幸運な一期生の木暮美佐紀一尉だった。

今日は、交代パイロット一名を含む総勢一二名のクルーで飛んでいた。東シナ海は低気圧が張り出し、分厚い雲が垂れ込め、洋上は雨で時化ていた。朝焼けもないまま、機体の外はいつの間にか明るくなっている。

尖閣へは近寄らなかった。尖閣諸島上空では、海上保安庁のヘリや固定翼機が遭難者の捜索に当たっている。海上自衛隊は近寄らない、捜索救難にも関与しないというのが暗黙の了解だった。

帰投時刻が迫ったが、水上艦を数隻発見したものの肝心の空母機動部隊は見えない。だが、だいたいの想定位置は把握している。

　そこで、尖閣からほぼ真北に針路をとり飛んだ。一〇〇キロ飛び、さらに一〇〇キロ雲の下を飛ぶ。ただしレーダー波は出さず、事実上無線封止下でだ。一万メートル離れて後方を飛ぶ僚機も、同様に無線封止状態で飛んでいた。

　無線封止を解除する権限は、編隊長である梅田がもっていた。後方の僚機からは、光学センサーでこちらが見えているはずだ。

　高度は一万フィート。時々、洋上の白波が見える。大陸沿岸部からも、二〇〇キロ以上離れている。

　寧波（ニンボー）が近いとはいえ、もちろん中国の領空外だ。ただし、中国側防空識別圏には入っている。

　普段であれば、いつも飛んでいる平和な海だ。日中の軍用機が入り乱れて飛んでいる空域でもある。

　ここで、千切れ雲の彼方に何かが見えたような気がした。

「……今、何かいたよね？」

「ええ、大型船ですよね」

「いったん雲に隠れよう」

　すぐに高度を上げ、雲の中に隠れた。おそらく僚機もこの仕草に気付くはずだ。

　すでに中国軍戦闘機のレーダーにはこちらが映っている。まっすぐ向かってくる編隊もキャッチしていた。

「電子戦支援（ＥＳＭ）は警戒を厳に！　戦闘機が向かってくるぞ」

「ほんの五マイル進んで雲の下に出よう。それで見えると思う」

　コクピット後部のＴＡＣＣＯ席に座る戦術航空士の八幡晋（やはたしん）三佐が指示した。

「了解した。ロックオン・レーダーに注意のこと、よろしく！」

「中国軍戦闘機、さらに向かってくる——」

　八キロ飛んで、雲の下に出た。すると、前方に巨大な船が迫っていた。

「確認、目視で確認！　護衛のフリゲイト二隻が前方に、後方にスキージャンプ台装備空母を確認。さらに両翼に護衛艦」

「密集しすぎている。これじゃ素人の艦隊編成だ」

「フリゲイトのレーダー来る。ロックオンされました」

　ロックオン・レーダーの警報音が、ヘッドセットからピーピー聞こえる。

「旋回、右へ大きく旋回して離脱する！　レーダー入れていい。データはただちにアップロード」

「ミサイル・ワーニング！　ミサイル、ミサイル！」

「くそっ——」

　先頭にいたフリゲイトとの相対距離は、ほんの一五キロもなかった。

　機体が旋回する途中で、チャフ・フレア・ディスペンサーを発射する。フレアが雲に反射して機体を照らした。

　フリゲイトから発射された二発の艦対空ミサイルは、この距離では外しようがなかった。

　一発が右旋回中の左主翼付け根に命中し、左主翼をもぎ取った。そして二発目は螺旋状に旋回しはじめた胴体の中央に命中。胴体が真っ二つに折れた。

　一万メートル後方ですでに回避行動に入っていた僚機の前方赤外線監視装置が、その状況を余すこと無く撮影する。

　この僚機は味方戦闘機が駆けつける前に、一直線に海面へと急降下した。この状況を脱するには、時化の海のシークラッターに紛れ込むしかない。

西側から中国空軍の戦闘機部隊が追いかけてくる。

Ｐ－１は、高度を一〇〇フィートまで落としたところで機体を引き起こして脱出にかかった。だが、戦闘機のレーダーから逃れることはできない。

味方のＦ－15Ｊ戦闘機が、近づく編隊に対してロックオン・レーダーを浴びせて警告するのがわかった。

だが中国軍機は、哨戒機を狙いミサイルを撃とうとしている。Ｐ－１はやむなく更に高度を落とした。速度も落とし、高度を八〇、六〇フィートへと落としていく。今にも波を被りそうな高度だ。

そこでようやくＰ－１の機体は戦闘機のレーダーから消えた。普通なら見えるが、この時化だから隠れられたのだ。

Ｆ－15Ｊイーグル戦闘機四機が揃った。中国軍機も四機だ。レーダー反応からすると、フランカーではなく殲撃十型、Ｊ－10戦闘機だ。イーグルの編隊と殴り合うには、いささか非力だ。

戦闘機部隊は北へと変針し、水上艦隊のエリアにイーグルを誘き出そうしたが、ここは空自の方が上手（うわて）だった。

味方哨戒機が避難できたことを確認すると、イーグル部隊も素早く反転し空域から離脱する。

Ｐ－１も、徐々に高度を上げはじめた。

これで日本は、一機の哨戒機と一二名のクルーを失った。

尖閣沖や東沙島で失われた人命に比べれば微々たる数だったが、この撃墜は日本政府を震撼（しんかん）させた。

そしてさらに、中国海軍の空母機動部隊が尖閣に向かっているという事実が、事態を複雑化させ

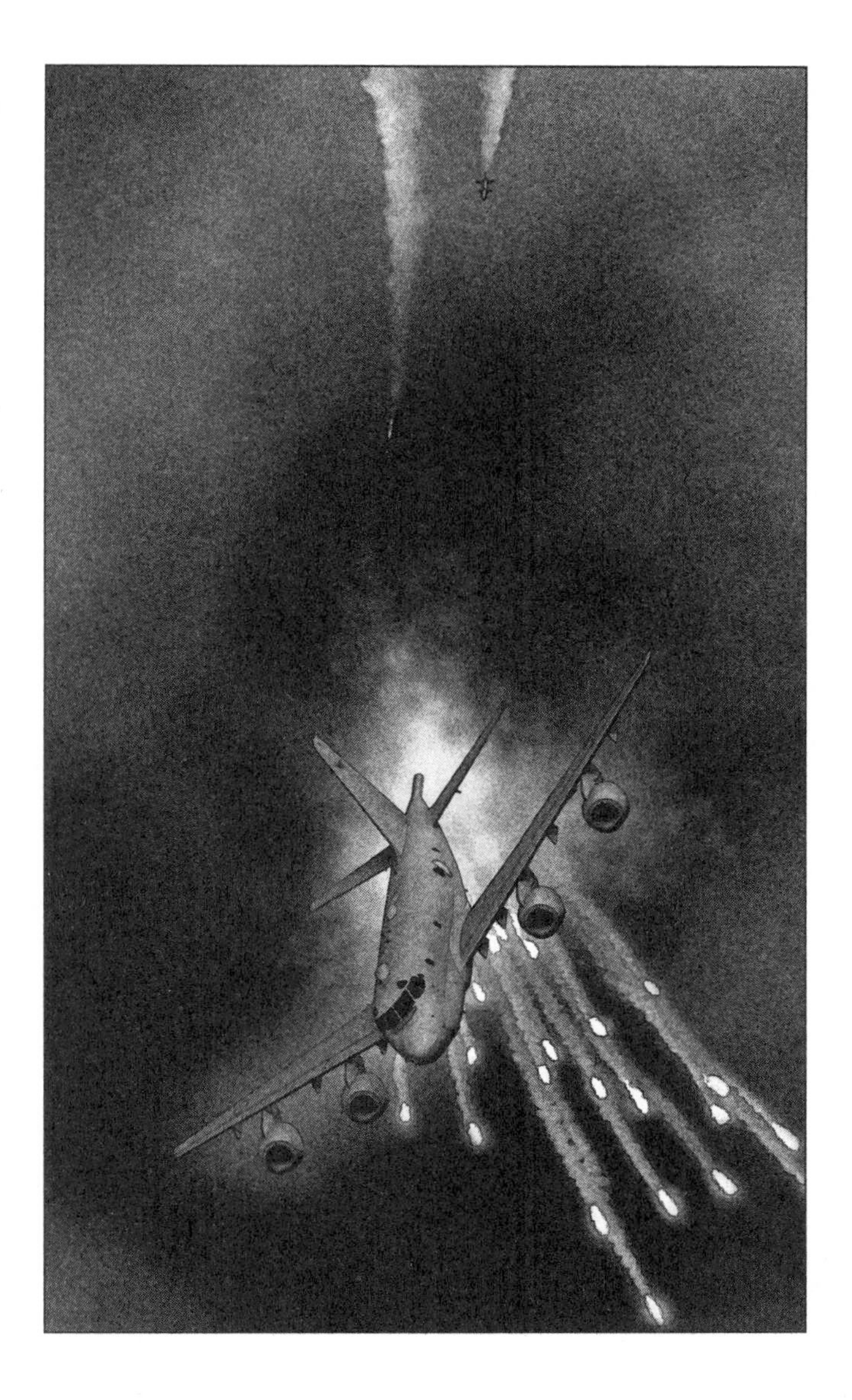

ることは明らかだった。

東沙島の解放軍指揮所では、ブーンというドローンのうなり声がひっきりなしに聞こえていた。沖合の揚陸艦から、ホットミールがドローンで次々と運ばれてきているのだ。

中国の兵隊は、他所と違って昔から冷えた飯だけには我慢がならない。ドローンで飯を運ぶなんてなんて贅沢で無駄なことだと姚彦少将は思ったが、それで士気を維持できるならば文句は言うまい。

「雷炎大佐、私は君の才能を、こんなくだらんことに消費していたのかね？」

「飯は大事です。兵隊は、三食タダ飯を食えるからこそ我慢して軍隊に留まっているのですから。冷えて、おまけに不味い戦闘糧食を食わずに温かいものを食えているのは、勝っている証拠です。林の中から敵も見ている。ドローンが運んでいるものが銃弾ではなく温かい飯だとわかったら、敵も士気を下げることでしょう」

参謀長の万仰東大佐が、通信兵が渡してきたメモ用紙を見るとラジオの前へ走り、ヘッドホンでしばらく無線に聞き入った。戻ってくると「台湾のラジオ放送をキャッチしました」と報告してくる。

「初報は、ＣＮＮらしいのですが」

「ＣＮＮって、アメリカは西部時間でも、もう深夜だろう」

「そのはずですが、ニュースは眠らないというやつですかね。味方艦隊が、日本の大型哨戒機を撃墜したそうです。機体は空中分解し、乗組員の救助は絶望的であると報じています。日本政府は、ノーコメントを通しているそうですが」

「ほう。日本政府が発表するつもりもない情報が、CNNに流れたということか。雷大佐はどう見るね」

「単純です。アメリカが日本政府を急かしている。国防総省が、日本政府の了解を得ずにCNNにリークしたということでしょう。それが日本に伝わり日本の世論が沸騰することで、日本の参戦を促す戦略ですよ」

「日本は動くのか？　北京はどうするんだろうな……」

「中国政府はきっと、事故だったと発表するのでしょう。台湾軍機と見誤って攻撃してしまった、亡くなった兵士とその遺族に心より哀悼の意を表する。われわれは、日本と事を構える気は全くない。そう言うはずです」

「日本はそれを謝罪と受けとってくれるのか」

「これぱかりは、全く読めないですね。台湾からは一刻も早い救援と参戦を求められ、アメリカからも圧力を受けていることは明らかです。しかし日本は、アメリカが参戦しない中国との戦争が、どれほど馬鹿げているかくらい百も承知しているのでしょう。世論も割れる。いや、読めないな……」

「君が我が軍の最高指揮官なら、どうするね？」

「私なら、弾道弾ミサイルをさっさと嘉手納に撃ち込みますね。通常弾頭がほんの二〇発あれば、嘉手納の基地機能をそこそこ潰せます。嘉手納基地が使えないということは、米軍の参戦は見込めない。それで日本は堂々と参戦を断念できる。われわれと事を構えられない、公明正大な理由ができます」

「敵も同じニュースを聞いているわけだがな」

「士気が上がるでしょうね。米軍の露払いとして、まず自衛隊が来てくれるはずだと」

最後のドローンが指揮所の飯を運んできた。兵士がボックス型の荷物箱を抱えてくると、香ばしい匂いが漂う。

「とりあえず、食べましょう。夕食はもう少し手間をかけていますが、昼はただのチャーハンです。これも実は冷凍飯を艦内で炒めなおしただけですがね。わざわざドローンで運んで来てくれたということが、飯を美味くして兵の士気を上げる」

「誉めていいのか迷うところだな。これだけの数のドローンがあれば、群攻撃にだって使えるぞ」

「ご心配なく。ミサイルは火薬しか運べないですが、ドローンは飯でも爆弾でも自由に運べますから。一機だけ敵の塹壕近くまで飛ばせて、わざとボックスを落としています。そこには、同じ飯が入っています。こちらの余裕を見せつけてやっていますよ」

砲撃は、しばらく止んでいた。

味方兵士に落ち着いて飯を食べさせるという理由で、砲撃を止めさせたのだ。

おそらく敵も、この意図に気づくだろう。

この圧倒的な状況の違いを事あるごとに見せつけるのが、敵の意志を打ち砕く早道なのだ。

エピローグ

シンガポールの米大使館では、アメリカから届いた最新の偵察衛星画像がモニターに表示されていた。沖へ向けてT字型に張り出している長江フェリー埠頭が左側に小さく映っている。

〝ヘブン・オン・アース〟号は、舳先をすでに黄海(こうかい)へと向けて宝山水道を走っていた。

その周囲を一〇隻以上の公船が包囲している。だが、客船に比べると、どれもドット一つ二つ分にしか見えなかった。

「ミスター・パーミッション。本当はこれ、あなたに見せてはマズい代物ですから、写メとかは撮らないでくださいね」

「あいにく私には、この写真の値打ちがわからない。軍は喜ぶだろうが」

許文龍(シュウェンロン)は、自分のスマホを左耳に宛がったまままそう言った。

「あらゆる周波数と船舶電話で呼びかけているが、いっさい応答は無いそうだ」

柴田も、日本と繋いでいたスマホを置いた。

「客船にいる国際会議の日本代表団と連絡がとれていますが、港に接岸せずに離れたことの説明は一切無いそうです。ただし、船内の移動や昼食は普段通りだったと」

「皮肉な話だな。乗客とは自由にコンタクトできるのに、肝心のブリッジとは連絡がとれないだなんて。連中の仲間は、いったい何人いたんだ。……乗組員の名簿を洗い直す必要があるな」

「でもまあ、よかったじゃないですか。われわれの努力が報われて接岸は阻止できた。そのウイグル族の博士がどんな凶悪なウイルスを持ち歩いているにせよ、それが上陸して拡散されることは阻止できたんです。許統括官殿は、国家主席直々に勲章をもらっていい活躍をしたんですよ」

「そうね、素直に同意するわ。ミスター・パーミッションの強引さが無ければ、このテロ計画は阻止できなかった。船に閉じ込めておけるなら、たとえ船内でバイオ・テロを仕掛けられても、犠牲は船内のみで収まる。中国は乗員乗客四〇〇〇名以上乗った豪華客船を撃沈せずに済むわ。コロナ禍の後とあっては、その乗員乗客全員が船内で病死しても、国際社会は中国政府を許すことでしょう」

「……何か、しっくりこない。ハリムラット・アユップ博士は、パスポートはロシアのものをもっていた。正式なものだ。亡命ではなく、正式に取得したパスポートだ。だが彼ほどの知性のもち主なら、自分の名前が国際手配されているだろうことは察するはず。なのに、どうして本名のパスポートを使ったりしたんだ？　偽名で乗り込む手立てくらい、彼なら思いつくだろう。そうしなかったのは、なぜだ？　なぜ、アブダビで監視カメラに映った？　それは、本当に偶然だったのか……」

許は、自分の功績を全く喜ぶ気にはなれなかった。

謎は深まるばかりだ。

何か大きなポイントを見落としているような気がした。

一方、柴田は何よりほっとしていた。テロを未然に防げたことに満足していたのだ。

きっと、帰国したら栄転だ！

ひょっとしたら、総理官邸に呼ばれて労をねぎらってもらうくらいのことはあるかもしれないとも思っていた。

〝ヘブン・オン・アース〟号の船内にあるスタッフ食堂では、是枝飛雄馬と浪川恵美子が遅い昼食をとっていた。

今日は乗客の上陸日なので、夜まで仕事は無い。不思議なことに、船はいったん護岸を離れたという情報が出回っていたが、エンタメ部門のスタッフでは、それを気にしている者はあまりいなかった。

上陸予定を立てている者もいる。浪川もその一人だったが、近くで戦争がはじまっているため、上海観光という気持ちにもならなかった。

是枝は浪川と向かい合ってざるそばを食べながら、ノースリーブ姿の浪川を見ていた。

顔が少しほてっている感じがする。食欲も無さそうだ。

「浪川さん、体調大丈夫？」

「うーん、胃はもたれるし、ちょっと熱っぽくて……。後で熱を計ってみるけど」

「今気づいたんだけどさ、浪川さん、腕にＢＣＧのハンコ痕がないよね」

「ああ、それね。たまに気づく人がいるわ。私の母親、結構頑固な反ワクチン派だったの。それで、一切のワクチンを受けなかった。大人になってから自分の意志で受けたの。だから、麻疹（はしか）に風疹（ふうしん）とか。でも、ＢＣＧは痕が残るじゃない。大人になってまで打つ必要があるのかなと思って」

「そう。でもＢＣＧワクチンてさ、コロナでも免疫を鍛えるとかいろいろ言われてたじゃない。打っておいた方がいいかもよ。結核は今でも怖い病気だし。僕はＨＰＶワクチンも打ったけどね」

「え？　あれって、男性も打つものなの」

「そうだよ。パートナーへの配慮として、大事なことだと思うよ。医者に言わせれば、そもそも世の中の男全員がＨＰＶワクチンを打てば、それに起因する子宮頸がんは撲滅できるそうだし」

「そうなのね」

浪川はやはり辛そうな表情だった。

「……ごめんなさい、私、ちょっと横になるわ。夕方の練習には参加するから」

「大丈夫だよ、無理しないで。練習の時にいなかったら、具合が悪くて今夜は休むと僕が言っておくから」

浪川は「そうしてください」と応じると、ふらふらと立ち上がった。

食べかけのトレーをテーブルに残したまま、彼女は食堂を出て行く。

ひょっとして、これは本格的に風邪か何かだなと、是枝は心配になった。

〈二巻へ続く〉

ご感想・ご意見は
下記中央公論新社住所、または
e-mail：cnovels@chuko.co.jpまで
お送りください。

C★NOVELS

東シナ海開戦1
――香港陥落

2020年10月25日　初版発行

著　者　大石英司
発行者　松田陽三
発行所　中央公論新社
〒100-8152　東京都千代田区大手町1-7-1
電話　販売 03-5299-1730　編集 03-5299-1930
URL http://www.chuko.co.jp/

DTP　平面惑星
印　刷　三晃印刷（本文）
大熊整美堂（カバー・表紙）
製　本　小泉製本

Published by CHUOKORON-SHINSHA, INC.
Printed in Japan　ISBN978-4-12-501420-3 C0293

覇権交代 1
韓国参戦

大石英司

ホノルルの平和を回復し、香港での独立運動を画策したアメリカに、中国はまた違うカードを切った。それは、韓国の参戦だ。泥沼化する米中の対立に、日本はどう舵を切るのか？

ISBN978-4-12-501393-0 C0293　900円　カバーイラスト　安田忠幸

覇権交代 2
孤立する日米

大石英司

韓国の離反がアメリカの威信を傷つけ激怒させた。また韓国から襲来した玄武ミサイルで大きな犠牲が出た日本も、内外の対応を迫られる。両者は因縁の地・海南島で再度ぶつかることになり？

ISBN978-4-12-501394-7 C0293　900円　カバーイラスト　安田忠幸

覇権交代 3
ハイブリッド戦争

大石英司

米中の戦いは海南島に移動しながら続けられ、自衛隊は最悪の事態に追い込まれた。〈サイレント・コア〉姜三佐はシェル・ショックに陥り、この場の運命は若い指揮官・原田に委ねられる――。

ISBN978-4-12-501398-5 C0293　900円　カバーイラスト　安田忠幸

覇権交代 4
マラッカ海峡封鎖

大石英司

「キルゾーン」から無事離脱を果たしたサイレント・コアだが、海南島にはまた新たな強敵が現れる。因縁の林剛大佐率いる中国軍の精鋭たちだ。戦場には更なる混乱が⁉

ISBN978-4-12-501401-2 C0293　900円　カバーイラスト　安田忠幸

表示価格には税を含みません

覇権交代 5
李舜臣の亡霊

大石英司

海南島の加來空軍基地で奇襲攻撃を受けた米軍が壊滅状態に陥り、海口攻略はしばらくお預けに。一方、韓国では日本の掃海艇が攻撃されるなど、緊迫が続き――？

ISBN978-4-12-501403-6 C0293　980円

カバーイラスト　安田忠幸

覇権交代 6
民主の女神

大石英司

ついに陸将補に昇進し浮かれる土門の前にサプライズで現れたのは、なんとハワイで別れたはずの《潰し屋》デレク・キング陸軍中将。陵水基地へ戻る予定を変更し海口攻略を命じられるが……。

ISBN978-4-12-501406-7 C0293　980円

カバーイラスト　安田忠幸

覇権交代 7
ゲーム・チェンジャー

大石英司

“ゴースト”と名付けられた謎の戦闘機は、中国が開発した無人ステルス戦闘機“暗剣”だと判明した。未だにこの機体を墜とせない日米軍に、反撃手段はあるのか⁉

ISBN978-4-12-501407-4 C0293　980円

カバーイラスト　安田忠幸

覇権交代 8
香港ジレンマ

大石英司

これまでに無い兵器や情報を駆使する新時代の戦争は最終局面を迎えた。各国がそれぞれの思惑で動く中、中国軍の最後の反撃が水陸機動団長となった土門に迫る⁉　シリーズ完結。

ISBN978-4-12-501411-1 C0293　980円

カバーイラスト　安田忠幸

第三次世界大戦 1
太平洋発火

大石英司

アメリカで起こった中国特殊部隊“ドラゴン・スカル”の発砲事件、これが後に日本を、世界をも巻き込む大戦のはじまりとなっていった。「第三次世界大戦」シリーズ、堂々スタート！

ISBN978-4-12-501366-4 C0293　900円　　カバーイラスト　安田忠幸

第三次世界大戦 2
連合艦隊出撃す

大石英司

小さな銃撃戦から米中関係は一気に緊迫化し、多大な犠牲者が出た。一方、南沙におけるやり取りでも日中に緊張が走る。米国から要請を受けた司馬光二佐は、事態の収束に動き出すが……？

ISBN978-4-12-501368-8 C0293　900円　　カバーイラスト　安田忠幸

第三次世界大戦 3
パールハーバー奇襲

大石英司

日米の隙をつき中国が行った秘密作戦、それはパールハーバー奇襲だった。突如戦いの舞台となったハワイでは、中国軍に対抗すべく日系人や元軍人で結成されたレジスタンスが動き出す！

ISBN978-4-12-501370-1 C0293　900円　　カバーイラスト　安田忠幸

第三次世界大戦 4
ゴー・フォー・ブローク！

大石英司

「アラ・ワイ運河の恋人」と名付けられた一本の動画が世界を反中国へと動かす。中国軍は動画に登場する二人の確保に乗り出すが、その傍には元〈サイレント・コア〉隊長・音無の姿が……。

ISBN978-4-12-501372-5 C0293　900円　　カバーイラスト　安田忠幸

表示価格には税を含みません

第三次世界大戦 5
大陸反攻

大石英司

中国軍の練度向上、ロシアの介入で多数の死者を出した米軍は、ハワイに新たな指揮官を投入した。「潰し屋」と悪名高いデレク・キング中将だ。苛烈な指揮官の下、日米軍の巻き返しは⁉

ISBN978-4-12-501377-0 C0293　900円　　カバーイラスト　安田忠幸

第三次世界大戦 6
香港革命

大石英司

香港に、絶大な人気をもつ改革の女神・姚芳芳が帰ってきた！　民衆が沸き上がる中、もうひとつのニュースが世間を揺るがす。それは海南島への自衛隊上陸……。米中の暴走は加速する。

ISBN978-4-12-501379-4 C0293　900円　　カバーイラスト　安田忠幸

第三次世界大戦 7
沖縄沖航空戦

大石英司

ハワイで中国の作戦を潰したアメリカ軍が、思わぬ敵に苦しめられた。それは雲霞の如き数で押し寄せる数百機の無人攻撃機。安価で製造できるこのドローンが標的にしたのは、沖縄で――。

ISBN978-4-12-501382-4 C0293　900円　　カバーイラスト　安田忠幸

第三次世界大戦 8
フィンテックの戦場

大石英司

千機もの無人機を退けた日米だったが、事態は思わぬことから急展開することになる。この戦争の結末は、世界の行く末は――？「第三次世界大戦」シリーズ完結！

ISBN978-4-12-501386-2 C0293　900円　　カバーイラスト　安田忠幸